婚活探偵

大門剛明

双葉文庫

目　次

婚活探偵

第1話　嗅ぐ女

1

古いバーで私はグラスを傾けた。

新宿《しんじゅく》西口にある『レッド・ベリル』。仕事のあとは、よくここに来る。注文できるのは安いバーボンだが、スモークチーズの種類の多さが気に入っている。いつも混みすぎることもなく、私のために空けられているような奥の端の席。客層はやや疲れたサラリーマンが多い。かび臭い図書館のような薄暗さと、控えめに響くジャズ……。

「そのスモークチーズ、どうですか」

新しく入った女性バーテンダーが話しかけてきた。

「バーボンによく合うでしょ」

「ああ、そうだな」

目の前の若い、女性バーテンダーの名前は倉野梓紗《くらのあずさ》という。細身だがふくよかな胸元。さみしさをたたえた笑顔。バースプーンの回し方は決して慣れてはいないが、酒のことをよく勉強していて客を和《なご》ませてくれる。少し馴れ馴れしい気もするが、悪い気持ちはしない。

調和を乱すように荒っぽく扉が開き、若い男が入ってきた。

「いつもの。ロックで」

常連客のような調子でバーボンを注文すると、男は私の横に勢いよく腰掛けた。

「やっぱ黒さん、ここだったんすね」

私は応えることなく、青みがかったスモークチーズを口に運んだ。

「せっかくの祝勝会なのに、主役がすぐいなくなっちゃうんだもんな」

「ああいう場は苦手でな」

黒さんと呼ばれた私の名は、黒崎竜司《くろさきりゅうじ》。私立探偵だ。

「所長はご機嫌でしたけどね」

この茶髪にサングラスを載せたホストのような風体の男は八神旬《やがみしゅん》という。まだ二十歳そこそこ。私と同じ東新宿のウィンドミル探偵事務所で働いている。見てくれだけはいいが、探偵としての素養はあまりない。ゆえに、色々と教えてやらねばならず、気が重い。私を真似《まね》てきついタバコや酒をやるが、様になるには十年早い、ケツの青いガキだ。

「その失踪《しっそう》事件、警察でも苦労してたんですよ」

八神は梓紗に向かって、私が先日片付けた事件のことを話し始めた。梓紗はグラスに酒を注ぎながら聞いている。

「じゃあ黒崎さんが解決したんだ。探偵みたい。あ、本当に探偵でしたっけ？」

梓紗は八神にワイルドターキーを差し出すと、興味津々《しんしん》という顔で私を見つめた。何度も探偵だと言っているはずなのだが……それでもこの適当さが今の私には丁度いい。

「そうそう、マジで黒さんすげえんだから」

余計なことは喋《しゃべ》るな、とばかりに私は咳払《せきばら》いをして、ポケットからピースを取り出した。だが八神は調子に乗って話し続ける。先日、行方不明になっていた老人を横須賀《よこすか》で無事に保護した。彼は藤枝《ふじえだ》紡績という大手紡績会社の会長で、少し認知症になっていた。

「藤枝会長の家族から特別の謝礼が出たそうで、所長もベタ褒めですよ。それにしても黒さん、どうして横須賀にいるってわかったんすか」

私はゆっくりタバコの煙を吐き出した。

「まあ、においだな」

理屈は色々あるが、刑事時代のカンがものをいう。私は藤枝会長の人生を振り返り、思い出の詰まった横須賀にいると推理した。丹念に調査すれば造作もないことだ。

「うーん、においっすか」

八神は自分の腕をくんくんと嗅《か》いでいる。女たらしのお前が嗅ぎ分けられるのは、せいぜい女性の香水のにおいくらいだろう。

「にしても黒さんマジすげえ。なんていうか、俺のイメージするハードボイルドそのものっすよ」

ふん、と鼻息で応じた。実際、調査能力や結果を出すことに関しては自信がある。私は刑事を辞めてウィンドミル探偵事務所に拾われて以来、順調に仕事をこなしてきたつもりだ。だがそんな私にも、周りには言えぬ悩みはあるのだ。

その時、ピンコーンと音がした。続けざまに鳴る。八神は邪魔くさげにスマホを取り出し、舌打ちした。

「またかよ。何枚も、いい加減にしろっての」

ＬＩＮＥで彼女から写真が連続で送られてきたようだ。横目で覗《のぞ》き見るとまだ十代らしき可愛らしい女性の顔が表示されていた。

――旬、やばいタピオカの店見つけたよ、暇か？　なら一緒にゆこっ♡

「あっ、黒さん、すみません」

私の横目に気づいたのか、八神は慌ててマナーモードにした。

「仲がいいことだな」

暇だから、なんなら私が代わりに行ってもいいと言いたい気持ちをぐっとこらえた。

「すんません！　ホントバカ女なもんで。今度送ってきたら別れるって言ってやります」

八神が謝っている間も、カウンターのスマホがブルブルと震えていた。

すっかり白けて、二人分の勘定を払って店を出た。

「ってかあのバーテンダー、いい女ですよね。俺もホントはああいう大人の女がいいんすけど、寄ってくるのはバカ女ばっかで」

私はどんな女性にも優しくすることだなとたしなめた。

「ああいう酸いも甘いも嚙《か》み分けたような女は、黒さんみたいな大人の男しか相手にしないんだろうな」

私は何も言わずに八神と別れ、駅に足を向けた。

午後九時。

いつものように巣鴨《すがも》駅で降りると、近所のスーパーで半額シールの貼られた天津飯《てんしんはん》とサラダを買って家路を急いだ。ハードボイルドが聞いて呆れる。

アパート手前で足を止める。否応なく飛び込んでくる看板を今日も眺めた。『縁《えにし》

Enishi』という結婚相談所の広告だ。

──いつまで「いつか」なの？

そのコピーが連日、私の心をざわつかせている。決して大きな相談所ではないが、この広告は何故か行く先々でよく目にする。ゴクリとつばを飲みこんだ。

──結婚……したいな。

刑事として仕事に邁進《まいしん》していた若い頃はあまり思わなかったのだが、四十を前に仕事を替えてからは、その思いが急に強くなった。特に浮気調査などをしていると、うまくやっている人間は本当に如才《じょさい》なくやっているものだと思う。

私は体格だけは恵まれているが、いかつい容貌《ようぼう》もあってか女性にはモテなかった。刑事時代はまるで出会いはなく、同僚にも相談できない。風見《かざみ》所長や八神の前ではハードボイルドを気取っているが、まともに女性と付き合ったことがない。実のところ、いわゆる草食系なのだ。

婚活をするにしても、合コンに誘われたことは今まで一度もないので、今後もないだろう。パーティーやマッチングアプリは身元の不確かな多数の人間に探偵であると知られてしまうのでうまくない。結婚相談所もダメだ。入るところを誰かに見られでもしたら、恥ずかしい。というより相談所というものに対して抵抗があった。

それでも現状では相談所以外に出会いの機会など訪れそうにない。なにせ客あしらいに慣れた、倉野梓紗などともうまく話せないくらいなのだ。店で店員と客という関係でもそうなのだから、二人だけでどこかへ行くということになったら、本当にどうすればいいのかわからなくなってしまう。そんな私では、仮にどこかの女性が多少の興味をもってくれても、おそらくすぐにボロが出て、逃げられてしまうに違いないのだ。

八神などはいくらでも女友達がいそうなので頼めば紹介してくれそうだが、世代が違いすぎるし、何よりあいつの前では情けないところは見せられない。

「やっぱ相談所しかないか」

アパートに戻った私はレンジに天津飯を放り込み、パソコンで結婚相談所を検索した。料金はピンキリだ。キリでも、だいたい年間二、三十万くらいは払わなければいけないようだ。うまく行った場合、成婚料なるものもそれくらいかかる。四十代男性と二十代女性の結婚例がいくつも挙げられていた。最近の若い子は大人の男が好きだという。クリックが速くなる。

ネットの掲示板でこれは本当なのかと聞いてみた。すぐに、相談所の宣伝に騙《だま》される情弱ｗｗ……とか仮に本当でも年収一千万以上のイケメン限定とかだろ、と馬鹿にしたレスがきた。く、嘘なのか……。

――このまま、一生独り身じゃないのか。

湧き上がってくる予感に蓋《ふた》をするように、私は温められた天津飯を一人むなしくかき込むしかなかった。

　翌日、私は八神とともに、煙の充満する車中にいた。

　張り込みだ。時刻は夜の十時。依頼人は十九歳の女子大学生。付きまといのストーカー被害に悩まされているという。具体的な被害がないので、警察はまともに取り合ってくれないのだそうだ。

「罪のない女の子に嫌がらせするなんて、許せませんよ」

　珍しく八神が憤慨していた。

　依頼人の女子大生が言うには、付きまとってくるのは、以前交際していたコンビニのバイト仲間ではないかということだった。私は警察時代の知り合いに連絡をとり、場合によっては来てもらう算段だった。

「ほんと、最低な奴がいるもんですねえ。引き際くらい男らしくしろって。俺が捕まえて警察に引き渡してやりますよ」

　私は無言で口元に人差し指を立てた。

「どうしたんすか」

　問う八神に親指で指し示す。アパート近くでバイクが停まったのだ。黒いジャケットにジーンズ。フルフェイスのヘルメットは脱がないままだ。

「あいつですか？　黒さん」

「ああ、まず間違いなくな」

「よっしゃ、俺が捕まえてやる」

鼻息の荒い八神を制するように、私はタバコの煙を吐いた。

「待て、動いてからだ」

やがて人影はバイクを降りた。百八十センチくらいか。依頼人の部屋をチラチラ外から窺《うかが》っている。すると、アパートの敷地内へ入り、女子大生の郵便受けに手を突っ込んだ。犯罪行為は既遂《きすい》だ。

「よし、行くぞ」

待ってましたとばかりに、八神は車から飛び出して、男の背後に回りこんだ。

「おいあんた、そこで何やってんだよ」

男はビクッと反応した。ゆっくり振り返ると、いきなり奇声とともに八神に体当りする。受け止めようとした八神が吹っ飛ばされた。ひ弱な奴だ。だから、もう少し肉をつけた方がいいと言ってるんだ。

「おいこら、待てよ！」

威勢はいいが、倒れた八神は追いかけられず、腰を押さえている。男はバイクへと走った。だがまたがることはできずに宙に舞い、したたかにアスファルトに打ちつけられた。

投げ飛ばした私を、八神はあんぐりと口を開けて見つめていた。

男は既に戦意を喪失している様子だ。私は知り合いの刑事にすぐに来てほしいと連絡する。

八神が男のヘルメットを取った。

「はあ？　なんだこいつ」

そこから覗いたのは、女子大生から聞いていたような、若い男の顔ではなかった。髪の半分は白髪だ。しかも頭頂部はかなりハゲが進行していて、顔にも深いシワが刻まれている。どうみても私より年上だろう。

八神はオーバーに両手を広げた。

「ちょ、マジ？　あんたからしたら娘くらいの歳じゃねえか」

私もまさかこんな年配の男だとは思わなかった。

「きっついストーカーだな」

男は舌打ちで応じた。

「ふん、ストーカーか。嫌な言葉だな。まあ、そう呼びたきゃ呼べ。否定はしない」

「否定はしない？　何恰好つけてんだ。あんたのやったことは犯罪だよ。刑務所で反省してろっての！」

ストーカーの男をなじる八神の声を聞きながら、私はじっと男の白髪を見つめた。やったことは断じて許されないことだ。しかし何となくではあるが、哀《あわ》れみを感じる。

「黒さん、聞いてますか」

ハッとして顔を上げた。

「警察の人、来ましたよ」

「ああ、そうか」

知り合いの刑事に事情を話す。昔なじみのベテランだ。一緒に来た若い部下は免許証を確認して驚きの声を上げた。

「おいおい知ってるぞ、この名前」

八神も免許証を覗いた。

「誰なんすか」

「菅野《すがの》弘利《ひろとし》っていう国立大の教授だ」

「ちょ、マジっすか。きっつう！　週刊誌ネタになりますね」

男はそれなりに有名な数学の教授だった。地位も名誉もある男がどうしてこんな真似をしたのだろう。車に乗せられる前に私は菅野を呼び止めた。

「何でこんなことをしたんだ？」

私の問いに苦笑いが返ってきた。

「……寂しかったんだよ」

シンプルな答えに、私は少し言葉に詰まった。寂しいという言葉を小さくなぞった。

「さてと、ご講義は署の方でしてもらおうか」

ぞんざいな扱いで菅野は連れていかれた。私はコートに両手をつっこみながら、警察の車が去ってからも、しばらく立ち尽くしていた。

「それにしても黒さん、さすがっすね」

八神が声をかけてくる。

「結構ガタイのいいやつだったのに、一瞬で宙を舞ってましたからね。野郎の心まで一瞬でへし折っちまうんだから。いやマジすげえっす」

「仕事は終わった。さっさと帰るぞ」

私は車の助手席に乗り込んだ。いつもなら多少は気分のいい八神のおべっかがどこか遠くに聞こえていた。

自宅の近くで降ろしてもらったが、私はアパートに戻らず、公園のベンチに座った。吐く息が白い。すっかり冬になった。私はコンビニで買ったパック酒に軽く口をつける。冷え切った体にわずかに熱が点《とも》った。

この公園にはよく来る。一人で考え事をすると意外とひらめくことがあるのだ。よく出没するさび柄の野良猫が物欲しそうにしていたので、つまみに買ったササミをちぎってやった。

携帯が鳴る。風見所長からだった。

「今回もご苦労さんだったな。さすがだ」

すでに事件について聞いたようだ。

「その教授も変態だな。せっかく積み重ねてきた人生が終わりだわ。ま、数学者ってのは変わりもんが多いんだろ」

「……そうですかね」

風見によると、彼は五十三歳の独身で、ストーカー被害にあっていた女子大生は、菅野が昼休みによく行くコンビニの店員なのだそうだ。ビジネスライクの笑顔に幻想を見てしまったらしい。

「それじゃあな、ご苦労さん」

「ええ、それでは」

通話を切った。ササミをがっつくさび猫を見つめながら、思い出していたのは、連れて行かれる際の菅野の顔だ。

――寂しかったんだよ。

この後、おそらく週刊誌などがストーカー教授と菅野のことを書き立てるだろう。彼はくだらないことのために人生をふいにした。確かに周囲にはそう見えるし、バカなことには違いない。だが今の私には菅野の気持ちがよくわかった。

カップルが戯《じゃ》れながら歩いていくのが目に入った。まだ先だというのに、街はすでにクリスマスモードに包まれている。一方、私は猫とともにこうしてささやかな祝勝会。おそらくどんなきつい酒を飲んでも、酔えないだろう。

髪をかきあげると、一本毛が抜けた。白い。

今はまだ体は動く。だがこのままでいいはずがない。何十年後かはわからないが、このままでは自分を待っているのは孤独な死だろう。せっかくこの世に生を享《う》けたのに、愛する者もなく、愛してくれる者もなく、人に迷惑をかけないようにひっそり死んでいくだけ。おそらく菅野もある時、そんなのはまっぴら御免だという思いに囚《とら》われたのではないか。そして気づくと、営業スマイルに自分では抜け出せないレベルまで入れ込んでしまった。馬鹿だ。だが自分にその馬鹿を見下げる資格があるのだろうか。

いや、私は探偵だ。職業倫理的にも犯罪行為など許されないし、する気もない。人に迷惑をかけず、愛する女性を見つけねばならない。

ササミをくわえたさび猫がこちらを見ている。なでてやろうと手を伸ばしたが、さび猫はフシャーと奇声を発して走り去った。

私は地面に落ちているササミの切れ端を見つめながら、結婚相談所『縁 Enishi』の看板を思い出していた。

――いつまで「いつか」なの？

やらなきゃ変わらない。菅野と私にどれほどの違いがあるだろう。私は相談所の番号を頭の中で繰り返す。酒以外にろくな趣味もなく、刑事時代はずっと寮暮らし。警察を辞めた時の退職金もあるので貯金は優に二千万を超えている。少々減っても大したことはない。だが、それより時間は金では買えない。今やらなければズルズル歳を重ねていくだけだ。そうだ。いつまでも「いつか」にしていてはいけない。

2

翌日、仕事は早めに終わった。

「それじゃあ、黒さん、お疲れ様です」

「ああ、八神、お疲れさん」

正確に言うと、あえて早く終わらせた。私はいつものように駅には向かわず、事務所の駐車場にある黒のプジョーＲＣＺに乗った。これから出向く用事がある。

午後七時すぎ。尾行用の変装をして、新橋《しんばし》にあるビルの一室を見上げた。

新しくも古くもなく、一見、ただの雑居ビルだ。だがこの五階に『縁 Enishi』という結婚相談所がある。何故か車で来てくださいと言われていた。

踏ん切りはついた。いつまでもこの問題を保留にしていては、決して前に進むことはできない。ずっと私はこのことから逃げてきたが、前に進むのは今だ。

周囲を見回す。よし、誰もいない。意を決して私は足を運ぶ。料金は割高だったが、一般のビル内にあって相談所の入り口が見えないところと、ほとんど女性とお付き合いしたことのない中年男性でも大丈夫という宣伝文句が後押しした。

エレベーターに乗って、五階のボタンに指を伸ばす。

「ああっ、ちょっと待って！」

駆け込み乗車のように、髪をピンク色に染めた中年女性が乗り込んできて、すかさず六階のボタンを押した。

「間に合ったわあ」

会釈のひとつもなく、女性は壁にもたれた。おまけに、さっさとボタン押して閉めなさいよ、という顔だ。私は五階のボタンを押そうとして躊躇《ちゅうちょ》した。

――う……押せない。

五階のフロア案内に『縁 Enishi』と書かれているからだ。借金どころか貯金が二千万ある私は、不本意ながら四階の消費者金融のボタンを押した。

意味不明な敗北感に抱かれつつ、四階から階段で五階に向かった。ふう、どうでもいい気をつかったものだ。

　やっと『縁 Enishi』の前に来た。チャイムを鳴らすと、思ったよりもずっと大きな音がフロア全体に響いた。

「はあい」

　化粧の濃い女性が現れた。

「予約してくださった黒崎さんですね」

「は、はい、黒崎です」

　フロアには個室がいくつかあって、かすかに話し声が聞こえた。

「今、担当の者が来ますからこちらへ」

　丸いテーブルに、座り心地の良さそうな椅子が二つ並んでいる。私は腰を下ろして、厚化粧の女性が淹《い》れてくれたローズヒップティーをすすった。窓からはスカイツリーが見え、ヒーリングのような曲がかかっている。アロマの香りがひかえめに漂って来た。緊張がほどけていく。なるほど、構えていたのが馬鹿らしくなるほど、相談所とは感じのよいところのようだ。

　ローズヒップティーにもう一度口をつけた時、ひとりの女性が入ってきた。

「城戸《きど》まどかと申します。黒崎さんのアドバイザーを務めさせていただきます」

　名刺を差し出し、頭を下げた彼女は恐らくまだ二十代後半。長い黒髪。ナチュラルメイクで下がり気味の眉毛が少し寂しげだ。さっきのケバい女性とは大違いだ。私は顔が赤くなっていないか気になった。

まどかは私の心中を察したかのように、緊張しないでくださいと微笑んだ。

「ではここにご記入をお願いします」

料金やサービスは事前に調べてあったのでわかっている。持ってくるように言われていた住民票と独身証明書、収入証明書を提出。簡単なプロフィールの記入が終わり、私は会員となった。

「これで選ぶんですよ」

まどかはタブレットの画面を提示した。

「基本的にはどの相談所でも、このネット検索が主になっています。ちょっとやってみましょうか。こんな感じですね」

ＩＤとパスワードを入力すると、ぶわっと大量の女性会員の顔が出てきて、思わず感嘆の吐息を漏らした。北海道から沖縄まで全国で何十万人もいるという。本日入会の新会員だけでも数十人。聞けば、どんどん入会してくるらしい。

「小さな相談所だと思ってましたが、こんなに会員がいるんですか」

まどかは首を横に振った。

「これはほかの相談所のも含んでいるんですよ。昔ながらの相談所ではその相談所の会員だけですが、それでは婚活なんて難しいです。ひとつの相談所だけでは人数が少なすぎますからね。今ではネットでいくつもの相談所がつながっているわけです。希望すれば海外の方ともお見合いできるんですよ」

なるほど。この相談所ではネット検索を手始めに、どうやって交際に発展させていくかのカウンセリングをサービスとして提供しているという。私の申しこんだプランは値がはる分、手とり足とりアドバイスが受けられる。とはいえ一ヶ月にお見合いを申し込める相手は十五人と決められているのだそうだ。

「手続きが終わって、黒崎さんの写真ができましたら、さっそく婚活スタートです」

自己紹介文とカウンセラーの推薦文が掲載されるという。

「とりあえず今回、お申し込みさせていただく相手を選んでおきましょうか」

「え、もう選んでいいんですか」

「善は急げって言うでしょ？　条件はありますか」

「条件ですか？　じゃあとりあえず……初婚、年下、あと関東在住で」

検索システムでは婚歴や希望年齢、年収や地域などによってスクリーニングすることが可能だ。二十八歳以上四十歳までと年齢指定し、地域検索で東京や埼玉、神奈川、千葉を選ぶとその地域に住む人だけにしぼり込める。またキーワード検索というのもあって、例えば「猫」と入れると、プロフィールや自己紹介文に記述がある場合、猫好きの女性や動物病院勤務の女性がピックアップされてくる。実に期待を抱かせるものだ。調子に乗ってさび猫で検索すると、さすがにゼロ件だった。

「綺麗な女性が多いでしょ？」

確かに。ただ撮り方がよく似ている写真が多い。実物はどうなのかわからないと自分を落ち着かせつつ、写真やプロフィールを見ながら、私はとりあえず条件の合う女性を十人ほど選んだ。

「こんなに選んで大丈夫ですか」

お見合いだらけになったら仕事する暇もなくなってしまう。しかしまどかは大丈夫だと応じた。

「むしろそうなったら大したものですよ」

おもむろにまどかは立ち上がった。

「黒崎さん、時間大丈夫ですよね」

今日はここに来るためにあえて早く仕事を終わらせたのだ。よく意味の摑《つか》めぬまま、問題はないと答える。

「これからデートしましょ」

「はあ？」

私はこのひとまわり以上年下の女性に、すでに心を摑まれかけていた。

「黒崎さんの婚活偏差値を測定させてもらいます」

私は婚活偏差値という言葉をなぞった。

「これから活動をしていくにあたって必要なので。私と交際していると思って、車でカフェにエスコートしてください」

そうか、だから車で来て欲しいということだったのだ。多少、浮き足立った気持ちで、私はまどかとともに駐車場に向かう。世話を焼かせるがその分可愛くもある愛車のプジョーに彼女をエスコートした。とはいえ、行きつけのカフェなどはない。結局、まどかの薦めるホテルのラウンジに向かった。

「ここは実際のお見合いで、よく利用させてもらっているんですよ」

見回すと、スーツの男性とめかしこんだ女性が何組か向かい合って座っていた。見るからに婚活です、という組み合わせばかりだ。なるほど。確かにショットバーのようなところで見合いではくだけすぎだろう。料亭で二人きりというのも気まずい。ここは丁度よいのだ。

「ご注文はお決まりでしょうか」

従業員がやってきた。私はコーヒー、まどかはハーブティーを頼んだ。

「ところで探偵さんって珍しいですよね。どんなお仕事なんですか」

まどかは口元に笑みをたたえて聞いてきた。

「たいしたことはしていませんよ。浮気調査が主体ですし」

「ふうん。探偵の前は何をされていたんですか」

「所轄の刑事です」

そうなんですか、とまどかは色めき立った。

「聞かせて、聞かせて。どんな事件を扱ったんですか」

「あまり他言はできないんですが」

私は乗せられて、いつの間にか自分の武勇伝を語っていた。いかんいかん。一方的にしゃべりすぎた。どうも、まどかといると調子が狂う。これでは婚活偏差値も低く出てしまいかねない。

そう思っていると、まどかは不意に私の右手を取った。思わずびくっと反応する。模擬デートとはわかっているが、思わず顔が赤くなった。

「黒崎さんって、指、短いですよね」

「そう……ですか」

あまり意識したつもりはないが、短いかもしれない。太くてごつごつしているのだ。

「短いですよ。女性は男性の手って、よく観察するんですよ。手を見てその男性が隠している本当の性格だとか、表には見えないことを判断する子もいるみたい」

そうなのか。女は占いだ何だと根拠のないことによくはまる。馬鹿らしいことだ。テレビの星座占いにしても日本には一億二千万人以上もいる。ラッキーアイテムの黄色いポシェットをつけた人間が一千万人もいたらおかしいだろう。いや待てよ。手で表には見えないことを判断？　ひょっとして指の短い私は、女性から男性的な魅力に乏しいと思われていたのではないか。

「だからもてなかったんですかね」

本気で落胆すると、まどかは微笑みながら、私の薬指を軽くつまんだ。

「大丈夫ですよ。ほら、黒崎さんは人差し指よりも薬指の方が長いでしょ？」

「はあ」

そういえば確かに薬指が爪一つ分くらい長い。

「こういう人は男性ホルモン優位で、男性的な魅力に富んでいるんですって」

目の前が明るくなる感覚だった。本当か嘘か知らないが、悪い気はしない。だがそんなところまで女性は見ているものなのかと少し恐ろしくなった。

聞かれっぱなしではダメだ。こちらからも質問してみよう。まどかの薬指には指輪がある。

「城戸さんは結婚されているんですか」

その質問に、まどかはしばらく口を閉ざした。しまった。ぶしつけだったか。いま時こんなことでもセクハラと言われかねない。

「私は夫を亡くしまして」

若いのに未亡人だとは。軽くショックを受けたのを気取られまいと、取り繕うように言葉をつなげる。

「休みの時とか、何をされているんですか」

「そうですね。ビーズを使った手芸とか」

それからしばらく、間をあけないよう、根掘り葉掘り彼女のことを聞いていった。一方で自分のことも話す。私の趣味は酒。あとは敢えて言うと車か。ギャンブルは封印した。公園でさび柄の野良猫と会話するのが好きだと冗談も飛ばした。

「黒崎さんって意外とかわいいんですね」

思ったよりも受けていた。

「それじゃあ、時間が来ましたので、これで終わりです」

予定されていた一時間はあっという間に過ぎた。相談所に戻った私はまどかによる採点結果を待った。女性恐怖症というほどのものではないが、口下手でうまく話せる自信がなかった割には、悪くなかったのではないか。

やがてまどかが戻って来た。グラフのようなものが記載された一枚の用紙を差し出す。

――あなたの婚活偏差値は26です。

私は用紙とまどかの顔を交互に見た。26という数値は高いのか低いのか。いや、偏差値なのだから高いはずはない。

「最低点に近いですね」

斬《き》って捨てられた。なぜだ？　かなり上手く話せていたではないか。薬指が長いのもいいことなのだろう？　そんな私の無言の問いに答えるように、まどかは分析した結果を淡々と口にした。

「黒崎さんは百八十一センチと上背もあって、頼りがいがあります。顔立ちもちょっと怖いけどまあまあです」

「じゃあ会話ですか？」

私は興奮気味に問いかけるが、まどかは平然と答えた。

「ひとことで言って、臭《くさ》いんです」

軽く頭を殴られたような衝撃があった。

「これがにおうっていうハッキリした要因はないんですが、酒やタバコ、加齢臭など複合的なにおいがして」

においか。八神は男らしい香りでいいですねと車に乗るといつも褒めてくるが、女性にとっては違ったか。『レッド・ベリル』でも梓紗に迷惑がられていたのではないか。自分でも可能性には気づいていたことだが、こうまでハッキリ口に出されてショックだった。

「申し訳ありませんが、これだと一発でお断りが来ちゃいますね」

丁寧な口調で毒舌が続く。ファッションもダメ、うまくいっていると思っていた会話もダメらしい。

「どこがダメなんですか」

「自分語りはひかえめに。黒崎さんだけでなく男性一般に多いですけど。それと相手への質問が刑事の取り調べのようになってしまってます」

実際刑事だったのだが……私は苦笑いをしてみせる。

「その人に興味があって訊くならいいんです。でも間があくことが怖くて、手当たりしだいに質問するのは、とても痛々しいものです」

痛々しいときたか。ここまでくれば、もうあまり驚かない。刑事として容疑者と接してきたことがマイナスに働いているのだ。

「自分の話をちゃんと聞いてくれている……そう感じると女性は嬉しいんです。だからつまらないことと思っても、一つ一つの話にしっかり相槌を打ってください」

それからまどかは丁寧に説明してくれた。

「偏差値はあくまで現状ですから、あまり気にしないでください。においに関してですが、これは女性は絶対に嫌がります。でも治せるのでこれからよくしていきましょう」

私は女性が寄ってくるはずもない現状を思い知らされた。頑張りましょうという励ましを真正面から受けて、力なくええとつぶやいた。

　初めて相談所を訪ねてから、二ヶ月が過ぎた。

　私は八神とともに仕事に出ていた。依頼は世田谷《せたがや》にある閑静な住宅街の主婦からだった。

「結構金持ちらしいっすよ」

　八神が説明する。浮気調査だ。自宅で会うわけにはいかず、少し離れたところにあるこじゃれた喫茶店で話を聞くことになった。現れたのはやや化粧の濃い、派手な格好の女性だ。

「どうも、黒崎といいます。こちらは八神」

　私が簡単に自己紹介すると、辺りを見回してから女性は口を開いた。

「相談というのは、夫のことです」

「伺っています。遠慮なさらず、どうぞ」

　しばらく話を聞いた。彼女は専業主婦。夫は有名な総合商社に勤務している。有閑マダムというのか金とヒマはあるが、夫からの愛はないというありがちな相談だ。夫の不倫を疑っているという。彼女は一枚の写真を取りだした。

「これが夫です」

「で、旦那さんが不倫をしている兆候があるんですね」

八神がコーヒーをすすりながら問いかけた。彼女は首を縦に振る。

「時々帰宅した夫から微かな香水のにおいがするんです。明らかにおかしいでしょう」

私と八神はもう少し話を聞いたが、どうもにおい以外にこれといった疑いはないようだ。

「なるほど、わかりました」

尾行してみますので任せてくださいと応じる。彼女はそそくさと帰っていった。

「こういう奴がむっつりなんですよね」

車に戻ると、八神が夫の写真をパチンと弾《はじ》いた。真面目そうな眼鏡の男性だ。かなり生え際が怪しい。私はああと応じる。

――ふざけやがって。

怒りはおかしな方向に向いている。実は最初に申し込んだ女性たちからは、すべて「お断り」の返事が来た。あれから『縁 Enishi』に再訪問してまた申し込んだが、これも見事に全滅。逆に申し込まれた数はゼロだ。四十一歳、年収五百万、預貯金二千万、身長百八十一センチ……このスペックでは誰も相手にしてくれないという予想外の現実を思い知らされた。そこそこ悪くない条件に思えたが、まさか強面《こわもて》のせいだとは認めたくない自分がいる。最初はこんなに申し込んで見合いを全部こなせるのだろうかと心配もしたが、まどかの言う通り、全くの杞憂《きゆう》だった。

前回申し込んでからもすでに十日あまりが経過した。今回も「お断り」が八件あった。まだ「生き残っている」女性もいるが、相手から返事がないまま、二週間が経過すると自動的に「お断り」になるらしく期待薄だ。……おそらく三十連敗だろう。

今回の依頼主の夫は、貧相でハゲが進行している。見た目には私よりも劣るこいつが、外で女を作っているだと。私には何故運が向いてこないのか。いらだちをねじ伏せるように事務所のドアを乱暴に開ける。

「よっ、ご苦労さん」

甘ったるい紅茶のにおいが、五十すぎの男と不釣り合いだ。

「たまにはスイーツの旅に行きたいねえ」

ゴディバのトリュフを頬張っている。風見正芳《まさよし》所長はここ新宿に事務所を構え、私と八神、事務員の安田敏子《やすだとしこ》という女性を雇って探偵事務所を経営している。

「所長、前の失踪事件、会長の家族からたっぷり謝礼は出たんっすよね」

「そりゃもうウハウハよ」

八神は特別ボーナスをくれと軽口を叩いていた。だが、今の私は仕事の成果を全く喜べない。そんな心の余裕はない。

電話が鳴った。事務員の安田がいつものように不機嫌そうに受話器をとった。

「依頼ですよ」

安田は五十代半ばだろう。いつも機嫌が悪そうな顔だ。彼女は眉間《みけん》にシワを寄せながら、依頼内容について話した。わかった。女性は皆そうだろうが浮気というものが心底嫌いなのではないか。であれば、彼女の眉間のシワは今後も彫刻のようにそこに刻まれるに違いない。

「黒崎よ、また頼むわ」

この風見という男は、あまり探偵としての調査能力はない反面、仕事を取ってくるのはうまく、警察からも信頼を得ている。いいとこの出で、働かなくても食べていけるだけの蓄えもあるらしい。妻も子もいて、一年に二回は海外旅行に行き、人生を謳歌《おうか》していた。

私は仕事に逃げ場を見出そうとした。

しかし稼いだ金が婚活でどんどん溶けていってしまうことを考えてしまう。いやそれはいいとして、何も連絡がないということイコール「お断り」という事実が、真綿《まわた》で首を締め付けるように苦しさを増加させていた。

その夜、自宅近くの公園のベンチに私は腰を下ろした。今日はいつものさび猫もいない。会いたい時にあいつはいない。一人ぼっちだ。

――やはり自分には結婚など無理なのだろうか。でも、なんでなのかがわからない。

缶ビールを飲み干した時、携帯に着信があった。この番号は……私は周囲に人がいないことを確認してからボタンを押した。

「黒崎さんですか？　城戸です」

また来所のすすめか。正直、これだけ断られて辛くなっている。まどかの話によると、二百人連続で断られた男性もいるらしい。一瞬、女じゃなしにその男を紹介してもらって、一緒に呑みたいと思った。逆に綺麗な女性なら一日で数百件も申し込みがあるという。何という差だ。格差社会というが、婚活格差ほどのものがあろうか。あまりにも不平等すぎる。

「黒崎さん、この前申し込んでいただいた方がオーケーしてくれましたよ」

公園の外灯が、ぱあっと明るくなった気がした。

「本当ですか」

「ええ、水原菜々子《みずはらななこ》さんという方です」

なんという可愛い名だろう。おめでとうございますという声を聞きながら、唾《つば》を飲み込んだ。

「ただこの方、タバコがNGなんです」

タバコがダメなのか。あれ以来、タバコの本数を減らし、清潔にしているつもりだが、臭気は抜けただろうか。ハアーッと息を手に吹きかけて嗅いだ。

「まあ、この方に限らず基本、タバコはNGですけど」

タバコは二十歳の時から吸っているし、自分のアイデンティティをつかさどる極めて重要なアイテムの一つだと思っているが、絶対にやめられないものでもない。逆にこんなチャンス、滅多にあるまい。

「この際、タバコ、やめますよ」

真剣に答えると、まどかはふふっと笑った。

「どうかしましたか」

「いえ、黒崎さん、声がすごくうれしそうだなって」

「そうですかね」

あえてそっけなく応じた。しかし正直、嬉しい。水原菜々子という女性は三十三歳。さいたま市で看護師をしているという。そういえば申し込んだ記憶がある。確か背が高くスタイルのいい女性だったように思う。生まれて初めてのお見合い。どうなることだろう。そのあと、二人で会うことになったら、彼女の出やすい池袋《いけぶくろ》か新宿になるだろうか。雰囲気のよいレストランはあっただろうか。私は頭の回転を速くする。いや、まてよ、その前に……。

私は刑事時代の知り合いに連絡を取った。

「いきなりなんですが、タバコのにおいの消し方ってあります？」

「はあ？　何でそんな事訊《き》くんだ」

「いえ、仕事で必要になりましてね」

適当にごまかす。

「ふうん、そうか。黒崎も頑張ってるってわけか」

知り合いは頑張ってるところを勘違いしたまま、私にはない知識を授けてくれた。消臭剤を使う前にヤニ成分を徹底的に取り去ることが重要で、重曹でしっかり掃除すべきらしい。

「これなら警察犬でも探知不能だ」

よし、これでバッチリだ。

いつの間にかいつものさび猫がいて目が合った。私はニヤニヤをごまかすように、安田おばさんよろしく眉間にシワを寄せる。両手を爪を立てるように前に構え、フシャーとさび猫を威嚇しながら心の中でやりい！　とはしゃいでいた。

3

カッターシャツの一番上までボタンを留めたのは、いつ以来だろう。

ウィンドミル探偵事務所の面接を受けた時だって、ここまできちっとしなかった。刑事時代に人質救出で表彰された時以来か。

　見合いの日は意外と早くやってきた。

　私はクリーニングに出しておいたスーツに身を通し、ネクタイをしっかりと締める。何回かやり直して、ウィンザーノットが決まった。ネクタイの下といえど、苦しくとも一番上までボタンをするようにというのは、模擬デートの時のまどかのアドバイスだ。

　今日はこれから水原菜々子に会う。そう、人生初の見合いだ。

「とりあえず、これでいいか」

　私は電車に乗って大宮《おおみや》に向かった。なぜか座れない。いや、座らない。空いている席がまばらにあるのに、いつもと違う感覚がみなぎっている。

　申し込んだ者が相手の地域へ出向くのがルールだ。持ち物は中身の入っていない茶色のパソコンケース。私は窓ガラスでヒゲの剃り跡を再度確認した。剃り残しなど、思わぬミスがあるかもしれないが、時間より早く赴けば安心だ。後はまどかがチェックしてくれる手はずになっている。タバコを吸うことはＮＧである。念の為にここ数日、一本も吸っていない。

　それよりも問題はちゃんと話せるかだ。模擬デートからこれまでまどかの指導に従ってしゃべる訓練もした。内容はもとより、どうしたらいい雰囲気を作れるか。刑事の取り調べになってはいけない。練習は積んできた。私はワンルームの部屋を暗くして、キヤンドルの灯り一本の中で、会話想定の訓練も密かにしたのだ。やりながら、とても人には見せられないと思った。

大宮駅で降りると、待ち合わせ場所のホテルラウンジまで歩いた。へえー、発展したところだな、などとわざわざ口に出しながら。

「黒崎さん」

まどかが手を振っていた。

「こんな格好でよかったですかね」

訊ねると、まどかはくんくんとにおいを嗅ぎながら、私の身だしなみをチェックした。

「ええ、素敵です。まだお相手は来ていないようですけど、もうすぐかと。今のうちにトイレを済ませておいてください」

たいして尿意もなかったが、トイレに行って搾り出す。鏡の前で身だしなみを整えている三十代後半の男がいて、何度も深呼吸していた。おそらく彼もこれから見合いなのだろう。肩を叩きたくなると同時に、緊張が連鎖する。まるで受験生のようだ。

ハンカチで手を拭いた私は、まどかに伴われて予約してあった四人用の席に案内されると、相手の履歴書を改めて見せられた。趣味は読書に映画、ドライブ、あまり特徴的なものではない。うまく話せるだろうか。

「最初の印象が重要ですよ。しっかり挨拶してくださいね」

「は、はあ」

「黒崎さんのよさは無骨さです。でも、立派な体格に怖い顔でぶすっとしていればお相手は怖そうと思ってひいてしまいます。ですが、こういう強面っぽい人が、一生懸命お相手を楽しませようと頑張っているさまは、とても誠実に映るんです」

「そんなもんですか」

それならまどかが私に好感をもってくれないものだろうか、そう思っていると、当のまどかは横を向いた。その先にいたのは、小柄な初老の男性と見合い相手の水原菜々子だった。婚活写真は実物とは別人のように写るというが、彼女は写真のとおりだった。

まどかに肘《ひじ》でつつかれて、私は立ち上がる。

「は、はじめまして。黒崎といいます」

きびきびというか、大音量の挨拶になってしまった。無理に笑おうとして片頬だけ吊り上がり、不自然な笑みになっていることが自分でもわかった。

「あ、よろしくお願いします。水原です」

彼女の視線は私の顔にはなかった。

「仲人《なこうど》の山上《やまがみ》です。いやいや、よろしくお願いしますよ」

相手方の仲人である初老の老人も着席した。

「では、なにか注文しましょう」

山上がウェイターを呼んだ。菜々子はアイスティーを注文する。山上も同じものを注文し、私もそれにならった。しまった。少しくらい変化をつけ、自分の色を出した方がよかったのではないか。だがそんな後悔をまどかが消し去ってくれた。

「アイスティーを。ホントはコーヒーが良かったんですが、同調圧力に弱くて」

軽く笑いが起きた。それをきっかけにして硬かった雰囲気が少し和んだ。

「なるほど。黒崎さんは刑事だったんですな」

山上はしきりにうなずいていたが、菜々子が感心しているかが大事だ。刑事を辞めた理由について訊ねられたらどうしようと心配になった時、まどかが言葉を継いだ。

「そうなんですよ。しかも切れ者。ね、黒崎さん」

「はあ……。あ、いえ、そういうわけでは……」

私は打ち上げられた魚のように両手をブサイクにばたつかせて必死に打ち消す。謙虚さをアピールした。そのさまが面白かったのか、菜々子に初めて笑みがこぼれた。

「いや、強面のようでいて面白そうな方ですなあ、ねえ水原さん」

山上が笑った。

「ええ、本当に」

私はハンカチで噴き出る汗をぬぐった。それにしてもさすがにまどかや山上はこういう場に慣れている。自然にいい雰囲気を作ってくれた。

十五分ほども話した頃、

「さてと、それじゃあ我々はこのあたりで。ねえ城戸さん」

「そうですね」

まどかは頑張ってと言い残し、席を立った。会計は済ませるので、一時間くらいゆっくり話してくださいということだ。

「あ、あらためてよろしくお願いします」

おかしな間合いが怖くて、とりあえず挨拶する。グラスを手に取っていた菜々子もストローを口に含みつつ、軽く会釈した。いい雰囲気だったのだが、二人だけ残された途端、それはすべて霧消し、私は一気に緊張した。それまでの補助輪が外れて心もとない感覚だ。どうしよう。強面が引きつって気味悪がられているのではないか。だがそんな心配は杞憂だとばかりに、菜々子は笑みを向けてきた。

「黒崎さんのお仕事って、どんな感じなんですか」

「え、僕の仕事ですか」

何が「僕」だよと自分に突っ込みつつ、私は必死に説明した。

「素行調査が主体ですね。まあ何と言いますか、浮気がほとんどなんですが。ただ変わった仕事もありますよ。この前はストーカーを捕まえました。その前は行方不明の老人を捜しました。ああこれは某企業の会長さんなんですが。後は弁護士とも関係が深いですし」

「すごいですね。探偵さんってそんな仕事もしてるんだあ」

「いや、たいしたことでは」

切れ目を作らせないようにと配慮する必要なく、自然と会話は進んだ。仕事のことをしゃべるのは簡単だ。それぞれの事案の報告をすればいいし、困ったら刑事時代に解決した事件のことも彼女なら興味をもって聞いてくれる気がした。

その時、まどかのアドバイスを思い出した。相手が是非に聞きたいからというので自分のことをしゃべるのはかまわないが、ほどほどにしておくべし。女性は話したがり屋さんが多いから、つまらなくてもしっかり聞かなくてはいけないというものだ。

「水原さんも看護師をされていて、色々な患者がいるでしょう？　困った患者も多いんじゃないですか」

「そうなんですよ。聞いてくれます？」

菜々子はニコニコしながら、患者の悪口を言い始めた。

「それでそのご老人なんですけど、私のお尻を触ったあとだけ認知症になるんですよ」

正直、話自体はそれほど中身はなく、とりとめのないものだった。それでも内容が新鮮で、苦痛ではない。私は時に笑い、時に疑問を呈し、時に自分の体験も小出しにして彼女の話を聞いていく。打ち解けてきても、なお彼女は恥ずかしいのか、私の目ではなく指のあたりをさかんに見つめていた。いや、これは私の手を見ているのだ。模擬デートの際にまどかが言っていたことを思い出す。人差し指より薬指の方が長いのだから問題はない。ほらほら、いくらでも観察すればいい……いや、調子に乗り過ぎてはいけない。

私はこの前風見所長が食べていたスイーツの話をする。

「ホントにいつもスイーツを食べてるだけの所長でしてね。ウィンドミルって事務所の名前も風見って本名からつけてるんですが、英語と日本語が混じっていて何がなんだか。本人は和洋折衷《せっちゅう》のスイーツみたいでいいんだと意味不明な供述をしていまして」

「そうなんですね。なんか可愛い」

規定は一時間。最初はそんなにも話せるだろうかと思ったが、彼女の笑い声も引き出し、いつの間にか、一時間半が経過している。

「ああ、もうこんな時間、あっという間でしたね」

練習どおりの態度で切り出した。見合いを終わらせるのは男の責務だ。菜々子も大宮までは電車で来たらしく、駅まで一緒に歩いた。

「それじゃあ、黒崎さん、今日はありがとうございました」

「いえ、こちらこそ」

いい感触だった。というか最高。帰り道、思わずニヤニヤが溢《あふ》れる。わずか一時間半だったが、十時間尾行調査するよりも神経をすり減らした。久しぶりに心地よい疲れだ。

――だが油断するな。

そう自分に言い聞かせる。今日はスーツだったからいいが、普段着ならどうだ？　ドライブでも行くようになったらどうする？　タバコはNGだ。沁《し》みついたにおいは自分ではわからない。

その日はなかなか寝付けなかった。今日自分は生涯の伴侶に会ったのかもしれない。少しの勇気さえあれば意外と簡単に見つかるものだ。なぜ臆病になっていたのだろう。今までの自分を笑ってやりたくなる。

――それにしても、よかったな。

写真よりも実物の笑顔のほうが良かった。交際期間は長くても三ヶ月と定められている。とりあえずその日までに結論を出す必要がある。遠くない将来、あの子が妻になるのか。私は心地よい疲れに抱かれつつ、しばらく菜々子の笑顔を思い出していた。

4

翌日、私は朝から世田谷にいた。

マダムから依頼のあった男性を尾行するのだ。夫は優秀な商社マンで、部下からも慕われているようだ。

「何か仕事一筋って感じの男ですね。不倫なんて奥さんの妄想じゃないですか」

運転席の八神が語りかけてきた。

「いや、こいつは臭い」

私はタバコをくわえようとして手を止めた。いかんいかん。禁煙中だ。カバンに入っているタバコを捨てればいいのだが、この一箱まで、と思ってしまう。

「妻のカンってのは侮《あなど》れないし、香水のにおいのする日に法則性もある。おそらくこのまま尾行していればボロを出す」

「根拠はあるんですか」

根拠ではなく予感があった。

「どうした？　納得できないのか」

「そういうわけじゃないんです」

八神は言いづらそうに、こめかみの辺りを掻いた。

「黒さん、なんか最近、おかしくないっすか」

「おかしい？　何がだ」

八神の言うには、車が妙に綺麗になっているからだという。

「ヤニ臭くないんですよ。黒さんらしくっていうか男らしくないっす」

婚活のことを見透かされているようでびくっとした。

「せ、洗車したからな」

適当にごまかしたつもりだが、どもった。

何からしくないんだよな、と八神はしっこく訝《いぶか》しげだ。まずい。タバコをやめていることに気づかれたか。しかし婚活にまでは結びつけられまい。八神の抱く有能探偵、黒崎竜司のイメージを保持したいという自分の卑小な思いに気づく。それには、婚活は気づかれてはならないのだ。誰も知らない知られちゃいけないというデビルマンの歌が不意に浮かんだ。

やってみてわかった。婚活がうまくいくと、仕事にもハリが出てくるものだ。カンでは今日辺りボロを出すはず。現場を写真に収めてやる。そう思いつつ、私は昼休みに抜け出した。

「黒さん、何処へ行くんですか」

「証拠集めだ」

全くの嘘だ。昨日の結果を聞きに『縁 Enishi』に向かうのだ。俺も行きますよという八神を、一人でいいと制した。

いつものように周りを確認。よし知り合いはいない。エレベーターに乗り込もうとすると、見覚えのあるおばさんが乗り込んできた。

「ああ、ちょっと待って」

このおばさん、まさか尾行してるんじゃないだろうな。私は五階のボタンを押そうとしてやめて、四階の消費者金融のボタンを押した。また借金なの？　困った人ねとでもいう顔でおばさんはこちらを眺めている。いや、被害妄想かもしれないが。五階へは階段で向かう。

スタッフの人にこちらへと誘《いざな》われて着席。出てきたまどかの顔は何故か暗かった。

「黒崎さん、実は言いにくいことなんですが」

「え、まさか」

「お断りの返事が来たんです」

そんな……あの見合いは完璧だったではないか。私は思わず立ち上がった。

「何がいけなかったんですか」

理由を聞いてもショックは癒《い》えないが、それでも聞いてみた。

「タバコです。タバコを吸う人は嫌だって」

「そんな馬鹿な、私はずっと禁煙して……」

完全にタバコのにおいは脱臭したはずだ。なぜ彼女はそれに？　まどかは私の手を取った。模擬デートの時と同じだが、ドキリとした。

「人差し指と中指です。内側が黄色くなっているからだそうです」

「え⁉」

私は固まったまま、自分の指を見つめた。確かにタバコを何十年と挟んできた。全く気にしたことはなかったが、よく見ると内側が黄色い。

「それでわかったんですって。この人は間違いなく長い間タバコを吸っているって」

そういえば彼女は私の指をさかんに眺めていた。薬指が長いから平気で見せびらかしていたのに何ということだ。そんなところから愛煙家であると見破られていたとは……考えもしなかった。

「黒崎さん、それでですね……」

まどかが何か言っているが、怒りがすぐに私を覆い尽くしていった。確かに私に落ち度はある。タバコのことを隠していたのは悪い。とはいえやめていたのだ。しかもそのことはまったく話題にも出なかった。ありえないではないか。

「くそ！　やっぱり女は信用できない」

「あ、黒崎さん」

『縁 Enishi』のドアを蹴破《けやぶ》るように出て、私は職場に戻った。

午後七時過ぎ。八神とともに浮気疑惑の男性を尾行した。

仕事にはけ口を求めようとするとは私も小さい。だが、どうしようもない。もう破綻《はたん》したんだから禁煙の必要はないと思い、タバコを欲求以上に吹かせた。

「やめたのかと思ってましたよ」

「医者がうるさくて顔を立ててやっただけだ。けどやめると調子が出ないんでな」

「そうなんすか。それでこそ黒さんだ」

八神は私を礼賛《らいさん》する。こっちの気持ちも知らずに。泣きたくなるのを抑えて、尾行を継続した。

「あ、このルートって」

男は予想通り、二十代半ばと思われる可愛らしい女性と食事をした。

そして車でさらに尾行。二人がホテルにしけこんだ場面の撮影に成功した。

「やりぃ！　やっぱり黒さんの言うとおりだ。バッチリ撮れましたよ」

八神は車の中で喜びを爆発させ万歳三唱した。

「決定的な写真ですよ。さっすが黒さんだ」

これしきでさすがと言ってほしくない気持ちと、それを指摘する面倒臭さが相まってただ、煙を吐き出す。実のところをいえば、心の中は仕事を果たせた満足感よりも、浮気男への嫉妬でいっぱいだ。ちくしょう！　こちとら見合いの段階で苦労しているというのに、いい思いばっかしやがって。ぶち殺すぞ！　と心の中で叫んでいた。

事務所に戻った。

「所長、またやりましたよ」

八神はこぶしを突き出した。

「おうそうか！　さすがだな」

風見の手にはきんつば。いつものように甘いものにうつつを抜かしている。事務員の安田おばさんは浮気男への制裁が嬉しいのか、凶悪な笑顔を見せた。他に仕事は？と私は風見にせっついた。

「いや、今日はなんもねえや。帰ってゆっくりしてくれ」

「じゃあせっかくだし飲みに行きましょうよ。『レッド・ベリル』へ」

八神が言い出したが、できれば一人で飲みたかった。仕事終わりの、逃避する場所も与えてくれないらしい。

断る理由も見つからず、私は八神を伴って『レッド・ベリル』へ向かう。

午後十時半。いつものように客は適度に入っている。私のためにリザーブしてあるような端の席に座ると、梓紗にバーボンを注文した。

「この間のスモークチーズ、頼むよ」

「すみません。今日は切らしてるの」

やることなすこと全て裏目だ。八神は気にするでもなく、同じバーボンとつまみを注文し、梓紗に軽口を叩いている。

「そういうわけで、また黒さんのカンが当たったんですよ」

「へえ、さすがですね」

梓紗は氷を丸くかいていた。この梓紗も色々と人生を過ごしてきたのだろう。きっと上手く世の中を渡っている連中は、彼女のような女性をモノにしてきているはずだ。しかも複数の。だが私には決して届かない。そう思うと心がざわめく。

——それにしても……。

私はプロの探偵だ。しかし今回はまるで、逃げ回っている犯人のようだった。水原菜々子という探偵は私を逃がしてはくれなかった。

その時ふと悟った。婚活とはこういうものなのではないかと。常に男性は犯人なのだ。逃げ切らなくてはいけない。結婚という完全犯罪を成し遂げるまでは……。

馬鹿なことを考えつつタバコに火をつけようとした時、ポケットで携帯が震えた。

「ちょっとトイレ行ってきます」

すでに三杯は飲んでいた八神が席を立った隙《すき》にこっそり覗き見る。まどかから受信メールがあった。私は今更のように後悔する。昼間は動揺していたとはいえ大人げなかった。

——言いそびれていましたが、新しくお申し込みを受けてくれた人がいたんですよ。だからまた絶対来てくださいね。

そんなメッセージがあった。

マジか……まだ明日はあるのか。写真を見ようとした時、八神が帰ってきた。私は表情を引き締め、眉間にシワを寄せながら、梓紗にも八神にも気づかれないよう送られてきた写真を開いた。

くそ……もう一回だけ、行ってやるか。思わずこぼれそうになるニヤニヤをねじ伏せつつ、私は険しい顔でタバコに火をつける。その瞬間、まどかの忠告を思い出した。

――基本、タバコはＮＧですよ。

いかんいかん。火をつけたタバコを思い出したようにもみ消した。

第2話　頼む女

1

八神が運転する車の中、助手席でタバコに火をつけた。

新宿にあるウィンドミル探偵事務所に電話をかけてきた依頼主に会いに、四谷《よつや》に行くところだ。内容は素行調査のようだが、詳しくは会ってからだ。

四ツ谷駅にさしかかった時、ハンドルを握りながら八神が声を上げた。鐘の音が聴こえる。この近くには教会があるのだ。

「この鐘の音を聴くたびに思い出しますよ」

「何をだ？」

「もちろん初めて黒さんに会った時のことですよ。まあ、会ったっていっても、黒さんは知らないでしょうけどね。俺が勝手に目撃しただけで」

「そんなことか」

やれやれと私は口元を緩めた。

「そんなことじゃないっす。あの人質事件を目撃した人なら、誰でも覚えてますよ。俺はまだ高校生だったけど、あの日のことは一生忘れないっす。傷つきながらも犯人を逮捕した黒崎竜司刑事を祝福するように、ちょうどこの鐘が鳴り響いていましたから」

鐘の音を聴きながら、私は記憶を呼び起こす。

五年前のことだ。この近くの銀行で強盗を企てた男がいたが失敗、小学生の子供を左腕に抱えながら、拳銃で威嚇射撃を繰り返していた。

当時、刑事だった私は犯人の説得に当たった。興奮した犯人に撃たれたが、ひるむことなく説得を続けた。そしてその男を取り押さえて人質を無事に救出したのだ。

その日からずっと、八神は私にあこがれていたのだという。何度も聞かされて食傷《しょくしょう》気味ではあるが、気分は悪くない。

「一緒にいた彼女もすごいすごいって興奮してましたから。超タフだって」

私は二本目のタバコをとりだすが、火をつけようとして手を止めた。思わず昔の癖が出るところだった。

「どうかしたんすか」

八神が問いかけてくる。私はナビを指さした。

「いや、もうすぐのようだ」

「あ、あそこじゃないっすか？　すげえ豪邸じゃないすか」

八神が指さす方を見ると、ちょうど玄関から一人の男が出て来た。長身で細面、黒いスーツをびしっと着こなし、眼鏡が知的に見える。襟元に金色のバッジが光っていた。男はアルファロメオで出ていった。

「今のって弁護士ですかね？　すげえ有能そうだけど」

依頼人の二階堂《にかいどう》という苗字にあの顔……見覚えがある。

チャイムを鳴らすと、六十代半ばの女性が出て来た。私と八神は招かれるまま、中に入った。室内も外観に負けぬほど瀟洒《しょうしゃ》で、高そうな骨董品《こっとうひん》が飾られていた。

「ご相談というのは、息子の婚約者のことなんです」

依頼主、二階堂美紗子《みさこ》は写真を差し出す。そこには今見た男性と若い女性の姿があった。

「光彦《みつひこ》は弁護士をしています」

名前を聞いて確定した。二階堂光彦といえばＮＭＩ法律事務所という大手事務所に所属する新進気鋭の弁護士だ。民事裁判で無敵を誇るという触れ込みだ。確かこの二階堂家は法曹界では有名な一族ではなかったか。

「仕事は順調なんですが、光彦は女性に縁がなくて。いつの間にか四十を過ぎてしまったんです。ですが二ヶ月前、結婚相談所でこの女性と知り合いましてね」

「へえ、綺麗な人じゃないっすか」

八神が口を出した。黒髪を束ねていて真面目そうだ。しかも若い。就活中の女子大生のようにすら見える。

「それでどこが問題なんすか。年の差ですか」

八神が問いかけた。母親の美紗子はいえ、と続けた。

「これといって問題はないんです。家にも来たんですが礼儀正しくて清楚な子で。でも何というか、気になっちゃって」

身辺調査の依頼のようだ。モテない息子がたぶらかされているんじゃないか、親としては気になって当然だ。

「光彦は女性とまともにお付き合いしたことがないんです。財産狙いで悪い女が近づいてきたのではないかと心配で心配で」

相手は井川由紀菜《いがわゆきな》という名前で二十四歳。二階堂弁護士とは二十歳近く年の差があるものの、今の段階ではそれ以外におかしなところは見つからなかった。

「それではよろしくお願いします」

車に戻ると、八神は退屈そうにあくびをした。

「何かただの親バカでしたね」

私にもそういう感じに思えた。おそらく母親の杞憂に終わるだろう。

「あの弁護士って有能なのか知らないけどマザコンくさいっすね」

「時々テレビにも出てくる有名な弁護士だぞ」

「いやー、見たことない顔でしたけど。だいたい気色悪いんですよね。結婚相談所なんて通うやつって。いくら仕事熱心だって言ったって、普通だったら女くらい勝手によってくるでしょ？」

私は手にしたタバコを思わず取り落としそうになった。

「二階堂弁護士って本当はゲイかなんかじゃないっすか」

八神は二階堂の悪口を続けた。私は相槌《あいづち》を打つこともなく、無言のまま窓の外を眺めていた。

午後八時過ぎ。仕事を終え、私は巣鴨駅近くにある公園にいた。

ブランコに座りながら、捨てられたチョコレートにたかる蟻《あり》を眺めていた。

母親の話では、井川由紀菜は都内の広告代理店に勤める会社員で、東京の四年制の大学を出ている。

そこにまったく問題はない。問題があるのは、二階堂ではなく私の婚活だ。今度の土曜日に、稲田明歩《いなだあきほ》という女性とお見合いが決まっている。そのことを考えると緊張してしまう。

「やっぱり相談所へ通うのは恥ずかしいことなのか」

今日はっきりと八神はそう言った。さび猫がうなずくように前足をなめていて苦笑する。だが八神は婚活中年の気持ちが全くわかっていない。女性が勝手によってくるとはなんだ。自分がモテるからと言って、誰もがそうとは限らない。私たち草食動物だって必死に生きているのだ。私はチョコレートにたかる蟻に視線をやると、手のひらを外灯にかざした。

あいつは私にあこがれ、ハードボイルド的存在と勘違いしているようだが、その私は思い切り結婚相談所に通っている。このことがバレればやつは幻滅するだろう。どう正論を説いてもだ。仕事がやりづらくなる。やはりバレるわけにはいかない。

『縁 Enishi』の会員サイトにログインして見ると、稲田明歩は髪をお団子にして、やや眠そうだが優しげな印象をうける二十八歳の女性だ。こんな若い子が一回り以上も年の離れたおっさんによく応じてくれたものだ。

稲田明歩は大学を卒業してから総合商社に勤務。趣味はスイーツに読書、映画と平凡だ。やや気になるのは、両親がすでに亡く、一人暮らしというところだ。兄弟もいない。孤独感も結婚願望を大きくさせているのだろう。

前回会った女性はタバコが理由で断られた。こちらも何とか気づかれないよう努力したが、思いもかけぬ形で気づかれてしまった。相談所のアドバイザー、城戸まどかによると、基本的に女性はタバコが嫌いらしい。

だから私も限定的ではあるが禁煙中だ。タバコを吸うのは八神の前だけ。しかもガツンと来るタバコの箱に入れておいて、実際はごく弱いタバコを吸っているに過ぎない。

「今度はうまくいくといいが」

二階堂光彦は私とほぼ同じ歳なのに若い女性とうまくやっているようだ。もちろんスペックは向こうの方がずっと上だろうが、同じように恋愛経験が少ない中で二十四歳の女性と婚約までこぎつけた。こっちも負けていられない。

土曜日。クリーニングしたてのスーツに身を包んだ私は、JRで横浜へ向かった。

新横浜駅に着くと、相談所から電話がかかってきた。

「前にも言いましたが、今日はわたし、他のお見合いと重なっていて行けません。でも頑張ってくださいね」

「ええ、わかってますよ」

相談所のお見合いは仲人が付く場合もあるが、そうでない場合もある。今回は一対一だ。目印として、私は茶色い鞄《かばん》を用意した。相手の稲田明歩は赤いスカーフを手提げバッグに結んで来るらしい。まあ、お互い顔写真を見ているので間違えることはあるまい。

新横浜駅近くのホテルのラウンジに着くと、思った以上に人が群れていた。一般客なら多くてもいいのだが、待ち合わせをした正面の花壇のところには、男女がひしめいている。落ち着かなげにキョロキョロと視線を左右にやり、いかにもお見合いの待ち合わせです、と言わんばかりだ。結婚相談所の仲人らしき男女が、旅行会社の案内人のように整理している。ある種、異様な光景だった。

やがて時間より十分ほど早く、スカーフを結んだ手提げバッグが見えた。あれか。なんとなく顔が違う気がするが、無視していると思われるといけない。私は声をかけた。

「すみません、稲田さんでしょうか」

「いいえ、違いますけど」

思い切り外れだった。よく見ると、その女性は長身だ。稲田明歩は百四十九センチと書いてあったから全然違うではないか。

「あ、わたしです」

苦笑いをしている私に、横から小柄な女性が声をかけて来た。

「黒崎さんですよね」

「あ、はい」

「初めまして。稲田明歩です」

私は焦り、ただすみませんと繰り返した。最初の見合いの時は、まどかや相手の仲人がすべて段取りをしてくれたが、一人となると途端にうまくいかなかった。

予約してあったソファーに座り、コーヒーを注文する。いきなり失態を演じ、大汗をかいてしまった。ハンカチで何度も拭《ぬぐ》ったが、タバコと同じように汗も不安だ。臭っていないか。

体温を下げるべく、水を何度も飲んだので、コーヒーが運ばれてくる前にすでにコップが空になっていた。これくらいのことで動揺して取り乱すとは、我ながら何をやっているんだとまた情けなくなった。

「よろしくお願いしまーす」

意外にも明歩は明るく応じてくれた。黙っている時は少し不機嫌にも思えたのだが、その笑顔は太陽のようで、不安を一気に弾き飛ばしてくれた。

「黒崎さん、こういう場は初めてなんですか」

「いえ、二回目です」

「そうなんだあ。でもすごく優しそうでよかったです。お写真だとちょっと固い感じだったから」

私は笑みをこぼした。ほっとした。許されたという感じだ。

「スーツを着るのも二回目なんです。あ、生涯で二回目という意味じゃないですよ。お見合いで、です。今日は仲人さんのチェックがないので、クリーニングの札がついてい

ない か不安で」

たわいもない冗談に、彼女は思いもかけず噴き出した。

「わたしも慣れなくて」

一番怖いのは沈黙だった。そしてそれを恐れるがあまりに質問にすがりつくこと。アドバイザーのまどかからも、取り調べになってはいけないと釘を刺されている。その点、明歩はとても話しやすかった。雨降って地固まるというが、人違いがいい具合に働いたようだ。

話は私の刑事時代のことになると盛り上がりを見せた。四谷の事件の話題になったとき、明歩は両手を口元にあてた。

「え？　あの事件、黒崎さんが逮捕しはったんですか」

私は照れを隠すようにコーヒーをすすった。

「わたしも近くにいたんです。みんな言ってましたよ。命を顧みないすごい刑事さんがいてはるって」

八神だけでなく彼女も近くにいたとは。そんな明歩は少し関西なまりがあった。

「関西の出身でしたっけ」

「そうなんですよ。実家が奈良県で。こちらには大学の時に出てきて以来住み着いてます。普段は標準語を使ってるつもりなんですけど、特に敬語になると混じっちゃって。

漫画みたいにワイは使わへんけど」

「女性でワイは使わないでしょう」

「あ、そやな」

「せやで」

笑いあった。思った以上に気さくで、明るい女性だった。話が途切れることを気にする必要もなく、自然と会話が進む。癒し系というのか、一緒にいて心安らぐ感じだ。たった一時間ではあったが、すでに打ち解けた……気がする。

一緒に駅に向かい、いい雰囲気が続いた。

「今日はありがとうございました。とても楽しかったです。それじゃあ、また」

「こちらもです。楽しかった」

彼女とはそこで別れて電車に乗った。

いい感触だったので、浮かれた気分があった。ニヤニヤがこぼれる。だが最初の見合いの時もいい感じだったし、油断は禁物だ。

とはいえ「楽しい」というのは一つのキーワードだ。ありがとうと別れ際に言うのはごく普通だが、この言葉が出るというのはいい感触の時だとまどかが話していた。「また」というのもそう。もう一度会いたいです、の意味だ。だから今度は前とは違う。うまくいくはずだ。

「いかんな、いかんぞ」

油断するなよ、と私は電車内で呪文のようにつぶやいた。向かいに座る女子高生がおぞましいものを見たように、こちらをうかがっていた。

私の予想は当たっていた。

翌日、まどかから連絡があって、交際オーケーの返事が来たのだ。

「おめでとうございます。よかったですね」

「いやあ、予想通りですね」

クールに応じつつ、まどかにわからないように、よっしゃあ、と私は声に出さずガッツポーズをした。

「ファーストコールは午後八時くらいに入れてください。稲田さんの電話番号ですけど……」

それからまどかは改めて説明をしてくれた。互いがオーケーの返事をすると、仮交際がスタートする。最初は電話番号を教えられた男性の方から女性に電話を入れて、そこでメールなりLINEなりの連絡先を交換する。何度か会い、互いがこの人ならと思えたら真剣交際のスタートだ。交際申し込み画面の写真がハートマークに変わり、交際中の表示になって他の人は申し込めなくなる。相談所の交際は、長くても三ヶ月と決められていて、それまでに結婚するかどうか、返事をしないといけない。

「今度はお食事デートですね」

まどかが言うには、二回目はまだ警戒心があるので、いきなりドライブなどには誘わない方がいいそうだ。もっとも相手が望んだり盛り上がったりしたらそれでもいいらしいが、避けた方が無難だという。

「頑張っていきましょう。結婚へ向けて」

「ええ、お願いします！」

思わず本音がこぼれて大声で応じる。咳払いでごまかした。

2

横浜で見合いをしてから二週間後、私は青山《あおやま》にある代理店の前にいた。

井川由紀菜の身辺調査で、色々動いている。

「ずっと追ってますが、真面目な子みたいですねえ。今日も残業ですよ」

「そのようだな」

今のところ、おかしな点はない。実家にも行ってみたが、二階建てのごく一般的な家だった。二階堂美紗子から聞いていた通りの経歴で、評判もいい。ただしどこかで見た顔のような気がする。果たしてどこだったか。それが気になっていたが、思い出せない。

八神はコーヒーを買いに行くと言って出ていった。私は八神の姿が消えると、携帯を開く。このスマホ全盛時代に、薄汚れたガラケーだ。LINEどころか、普段はショートメールで事足りてしまうからだ。八神には時代に流されない感じが恰好いい、と言われている。

先週の日曜日、稲田明歩とお食事デートをした。まどかのファッションアドバイスを受けて私服にも気を配ったおかげもあってか、うまくいった。会話は趣味のことが多かった。読書について問われて、思わずよく知りもしないくせにチャンドラーの名前を出した。本当は名前しか知らない。

スマホを持っていないというイケてなさを露呈したが、彼女は気にしていない。実は以前、スマホに挑戦したものの失敗、ガラケーに戻したことがある。石器時代の人間ですよ、ハハ……開き直ってそう言うと、バカ受けしてくれた。

文字数制限があるのでさすがにショートメールを諦め、携帯の電子メールで対応している。携帯を開いたのは、さっき明歩からメールが来たからだ。

——こんばんは。今日もお仕事お疲れ様です。LINEを始めるんですってね。わたしのためにうれしい☺

LINEは八神がやっているのを見るのと、浮気の証拠として接する程度で、自分ではやらない。いい加減にLINEを使ってくださいよ、とアドバイザーのまどかには口うるさく言われていたので仕方なかった。はっきりと口には出さないが、今時LINEを使えなくては、婚活は無理だとでも言いたげだ。お互いに好意さえあればいいと思うのだが、心の中ではLINEもできない情けない人と思っているかもしれない。ある意味、運転免許を持たない男性のようなものだろう。そのアドバイスを受けて、私もLINEの勉強を始めた。細かい部分は相談所で教えてもらうつもりだ。

やがて八神が缶コーヒーを持って走って来た。私は携帯をしまうと、しかめ面をして井川由紀菜がいるビルを見やった。

「あ、出てきましたね」

井川由紀菜は駅に向かった。私たちは後をつける。彼女は途中のコンビニで食べ物を買っただけで、自宅に戻った。そして約二時間後、明かりが消えた。これ以上張っていても意味はないようだ。

「それじゃあ黒さん、俺はこれで」

「ああ、またな」

八神が完全に見えなくなってから、大急ぎで携帯を開く。さっき来た明歩からのメールに返事を書いた。

――こんばんは。黒崎です。メールが来たのはわかっていたんですが、仕事で返事遅れてすみません。ああ、善は急げって感じで、さっそく明日、携帯ショップに行ってきますね。LINEデビューももうすぐです(*^^*)

メールで顔文字を打ったことさえなく、使い始めたのがここ数日だ。それも全てまどかのアドバイスだった。

明歩とはこれまで二度、合わせて数時間会っただけだというのに、一日何度もやり取りをするようになった。私は数行のメールを書くのも苦労しているのだが、明歩はすぐに返してくる。

――気になさらないでください。大変なお仕事ですからね(*^^)v☆
黒崎さんがLINEできるようになったら楽しいだろうな。写真とか動画も送れるし、色々スタンプでも遊べるから。楽しみにしてまーす(^_^)-☆

思わず頬が緩む。考えてみればこういうやりとりは人生で初めての経験だ。ここ二週間は実に濃厚に過ぎた。今度はドライブに誘おうか。ＬＩＮＥのことは八神に聞けば早いのだろうが、聞けるはずもない。まあ、あいつにはこんな感動はわかるまい。遅れて来た青春、モテないオッサンゆえの感動を今味わっているのだ。私はそう思うことにした。

翌日、仕事を早く切り上げた私は、携帯ショップに寄ってスマホに替えた。

時間はかかったが、作業は思ったよりも簡単のようだ。問題なのは機種変更の周囲へのいいわけだ。八神にはここ数日、携帯の具合がおかしいと言い続けて伏線を張ってある。今使っているガラケーは寿命。携帯ショップで強引に勧められ、しぶしぶスマホにチェンジしたという言い訳で何とか押し通せると判断した。

携帯ショップを出ると、その足で近くにある結婚相談所『縁 Enishi』に向かう。

エレベーターに乗る時、どこかで見たおばさんがダッシュしてきた。わたしは閉じるボタンを連打した。

受付で名前を告げると、すぐにまどかがやって来た。

「黒崎さん、交際順調みたいですね」

「ええ、おかげさまで」

交際中でも相談所には定期的に行く必要がある。紹介した後は当人任せというわけではなく、そこからこそがアドバイザーの腕の見せどころなのだそうだ。

「さっきスマホにチェンジしましたよ」

ＬＩＮＥの使い方は携帯ショップでは詳しくは教えてもらえない。遠隔サポートというのがあるようだが、それよりここで手取り足取り教えてもらった方がいい。

「それでね、こうやって電話番号を入力するんですよ」

まどかがＬＩＮＥを操作して、明歩の番号を入力した。すぐに明歩の名前が出てきて、写真も付いていた。どこかの教会の前で撮ったようで、明歩の愛らしい顔と鐘が見える。

「早速送ってみましょうよ」

トークという機能を使って、LINEデビューしました、と打ってみる。すぐに既読になって、一分も経たない内に返事が返って来た。

――やったあ！　本当にスマホにチェンジしてくれたんやあ。うれしい！　うれしい！

私は頑張ってみましたと当たり障りのない返事をする。またすぐに既読になって、ポンというビールの栓が抜けるような音がした。おめでとうとクラッカーを鳴らすパンダの絵も送られてくる。

「黒崎さん、これがスタンプですよ」

「なるほど。でもこうして話していていいんですか」

「はあ？」

「相手に聞こえるんじゃないかって」

真剣な私の問いをまどかは笑った。

「聞こえませんよ。トークってそういうのじゃないですから。通話はまた別の機能を使わないと。この前、別の会員さんが間違えてLINE通話のボタンを押してしまい、パニックになって駆け込んできたことがありました。よくわからないボタンは押さないで、少しずつ覚えていけば大丈夫ですから。それはそうと、よかったですね。本当に喜んでくれているみたいです。黒崎さんのやる気が伝わったんですよ」

そうかもしれない。怖くて遠ざけていたが、LINEは便利なものだと早くも実感した。思い切って一歩踏み出してみてよかった。

——そうだ。一つ頼み事があるんですけどいいですか？

LINEで明歩は訊いて来た。私はにこにこマークと共に何ですかと問い返す。なるほどスピーディーだ。会話のようだからトークなのか。

——おかしなお願いですけど、黒崎さんの本棚の写真が見たいなあって♡

どういう意味だろう。私はまどかの顔を見上げるが、彼女も首をかしげていた。

「いや、そうか、わかりました」

この前、レストランで会った時、私は彼女と読書の話をした。私は思わず、読んだこともないのにチャンドラーなどと適当なことを言って恰好をつけてしまった。彼女は話を合わせるために、自分も本を読んでみようと言うのだろう。

だがまずい。自宅の本棚に並んでいるのは警察にいたころの教本とギャンブル漫画、後はエロDVDにティッシュの箱くらいで睡眠薬代わりの小説などは三冊あるかないかだ。

だがこうなった以上、見せないわけにもいかない。わかりました。帰ったら写真を送ります、と返事した。

「黒崎さん、どうするつもりですか」

「どうもこうも、こうなったら嘘を真実にするしかありませんよ」

私は相談所を出ると、すぐに大型書店へと向かった。そこで海外文学の本をチャンドラーを中心に大量にレジに持っていった。

店員は驚いていたが、かまうものか。これくらいしなければ婚活など成功しない。窮地をチャンスに変えてやる。

「全部で十二万八千五百四十円です」

私は買った本を車のトランクまで運んでもらった。店員は何か話したそうだったが、私の強面のせいか、うまく切り出せないようだった。

「あ、ありがとうございました」

自宅に戻った私はさっそく、本棚に入れてある漫画やDVDを押し入れに放り込むと、買ってきたばかりの海外文学を並べていった。そればかりだと不自然なので、古本屋でたたき売りされていた種類の分からない海外小説も並べる。パッと見た感じ、なかなかのものになった。知的に見える。一番下の段だけがスカスカだが、まあいい。写らないようにうまく撮っておくか。

私はスマホで写真を撮り、ＬＩＮＥで送った。すぐに既読になって、返事が来た。

――すみません。無理なお願いしちゃって。でもすごおい！　海外文学がいっぱい。マニアックなのもあるう♡　わたしも海外ものが大好きで、たくさん読んでいるんですよ。最初はちょっと背伸びした感じだったんですけど、はまっちゃって。ナイン・テイラーズとか大好き。翻訳ものとか嫌いな人も多いけど面白いですよねえ♪

どうやら彼女は、本気で海外文学が好きなようだ。ひょっとしてこのお願いは、自分と趣味が合うのかどうかを知りたかったということなのかもしれない。合わなかったなら断られていた可能性もある。彼女もまさかこの短時間で本を買いあさったとは思いもしまい。

――次の日曜日に一緒にドライブに行きませんか？　文学について高尚ぶって一緒に語り合いたいです☺

彼女の方からのお誘いだ。うれしい気持ちもあるが、こっちはほとんど活字アレルギーだ。困ったなと思ったが、今さら後には引けない。というよりうれしい方が勝っていて、嘘をついていることなど頭から消えてしまっている。

私はうまくいったことを、アドバイザーのまどかに報告した。

「そうですか。すごい行動力ですね。やるじゃないですか！　まあドライブへ行くって決まったんだし、しっかり計画を立ててください」

言われたとおり、私はその日から綿密に計画を立てることにした。だが一方で本も読んでいかなくてはいけない。時間もないし、こんなに大量の本を読めるはずもない。やれやれ、どうしたものだろうか。

興奮が冷め、AVを本棚のあいている段に戻すかと、押し入れに放り込んだDVDを手に取った時、私は手を止めた。これは……そのパッケージをじっと見つめた。

二日後、私は八神と共に四谷にいた。

依頼主のところに向かっている。日曜日に運命のドライブデートを控え、正直なところ、心ここにあらずではあるが、仕事をしないわけにはいかない。

「まさかこんなことになるなんて、思いもしなかったっすねえ」

八神の言葉にああ、と私もうなずく。あくびが混じった。本の読み過ぎで睡眠不足だ。

といってもほとんど字面を追うだけで、頭には残っていないのだが。

「あんな真面目そうな子が。いまだに信じられないですよ。まあ、そういう時代なんですかねえ」

話しているうちに、二階堂宅に着いた。あらましは伝えてある。結論から言うと、身辺調査の結果、井川由紀菜には大問題が発覚した。縁談は破談になるようだ。

玄関口まで来ると、大声が聞こえて来た。

「僕は信じないぞ！」

叫んでいるのは、二階堂光彦だった。

「母さんは知らないんだ。あの子は絶対にそんな子じゃない！」

「光彦、いい加減にしなさい」

それは一見クールな二階堂弁護士からは想像もできない姿だった。私は見て見ぬふりをして中に入る。二階堂はこちらの存在に気付くと、泣き顔のまま外に出ていった。

「お恥ずかしいところをお見せしました」

母親はやれやれとどこかさっぱりした顔だった。

「お母さんのカンが当たってしまいましたね」

「ええ、よく突き止めてくれました」

私はため息混じりにええと応じる。井川由紀菜は女子大生のころ、アダルトビデオに出演したことがあったのだ。

「抵抗がありますが、女性の身辺調査の場合、こういう可能性を追うことも、探偵としては基本ですので」

本当はたまたま持っていた企画モノAVに出ていた子が、井川由紀菜だっただけだ。

「光彦は女性に免疫がなくて、信じ切ってしまったんです。あの年の男にあんなに若くて可愛い子が近づいてくるなんて、何かあるに決まってますからね。早く立ち直ってくれるといいんですが」

「まあ、女くらいいくらでもいますよ」

八神はあっけらかんとした顔で応じた。由紀菜にも事情があったのかもしれないが、この結婚は無理だ。私たちはしばらく話をすると、二階堂宅を後にした。

いつも思うが、他人の言葉は自分のことを言っているのでない時でも、時にグサグサと心に刺さるものだ。若い女性が意味もなくおっさんに近づいてくるはずがない。その論理は私にももろに刺さった。明歩も何か含むところがあって私に近づいて来たのだろうか。いや彼女に限って……そう思ったときに八神が口を開いた。

「あの子に限って……そんな気持ちでいるから、女に引っかかるんですよね」

バカですよね、と光彦を責めている。お前はエスパーかよと突っ込みたくなった。

二階堂の泣き顔がよみがえる。ようやくこの年で愛する女性に出会えたというのに、この仕打ちは酷だ。仕事とはいえ、彼の幸せをぶち壊してしまったことに罪悪感を覚えた。いや、遅かれ早かれわかってしまうなら、結婚前にわかって良かったというべきか。

まあ、人のことを心配している余裕など私にはない。約束では日曜日の午前、横浜まで車で迎えに行き、ドライブをして夕食という予定だ。横浜のデートコースについて私はネットや情報誌でいろいろと調べた。しかしその日まで休みがとれそうにない。下見をしておきたかったが困ったたな。

事務所に戻ると、風見所長がため息をついていた。商事会社に依頼された書類を横浜まで急いで届けないといけないらしい。

「ああ、めんどくせ」

仕事は書類を届けるだけらしい。だが横浜というのが気になった。代わりに行きましょうかと申し出る。

「おお、行ってくれるか？　天下の黒崎さまを使い走りにしてすまんな」

「いえ、それと所長、一つ聞きたいんですが」

横浜でお勧めの飲食店を訊ねた。有名店では混むだろうし、明歩も行ったことがあるかもしれないので、穴場を教えてもらえたらうれしい。風見は食通なのでよく知っているだろう。

「ううん、横浜か。俺も詳しくないんだが、ま、『山文《やまぶん》』って店が雰囲気もいいな。それとこっちだ……」

詳しくないと言いつつ、それから風見は何軒も店を列挙していく。何なのだろうかこの所長は。謎が深い。

「ここもだな。あと強いて言うなら……」

そんなに覚えられるかよ、と内心突っ込みつつ、放っておくといつまでも話していいそうなので打ち切った。

「さて行くか」

私は依頼先に書類を届けると、ドライブコースを下見して、所長の教えてくれた『山文』に足を運んだ。なかなか洒落《しゃれ》た雰囲気の懐石料理店で、値段も手頃だ。実際に走って所要時間もだいたい計算できた。

――それにしても、まるで完全犯罪を目論《もくろ》む犯人だな。

ミスは許されない。明歩はあまり細かいことにこだわらないタイプのようだが、しっかりと計画を練って余裕をもつことは大事だ。また綺麗好きなのは全女性共通だろうから気をつけるに越したことはない。だが問題は例の海外文学だ。たくさん読んでおかねばならないが、物理的に無理がある。ネットで調べつつ、何とかマクドナルドだけは読み終わりそうなのでその話を中心にしよう。

私はそのまま相談所に出向き、まどかにファッションからデートコース、車の匂いまでチェックしてもらった。

「車の消臭剤、新しくした方がいいですよ」

「まだ半分くらい残っていますが」

私は理由を訊ねた。新品ではいかにもデートのために用意した感じになってマズいのではないか。

「いいえ、むしろ女性はその方が安心するんです。この人は交際慣れしていない、真面目な人なんだって」

そんなものなのか。まあいい。これで本番は問題ないだろう。

「ただ少し気になることが……」

「何ですか」

問いかけると、まどかは首を傾げた。

「それが、何となくなんです。自分でもよくわからなくて。いえ、ごめんなさいね、デート前に不安にさせちゃって」

二階堂美紗子のようなことを言っていた。女性のカンは侮れないとはいえ、こちらは全力でドライブデートに臨むだけだ。

3

その日は初のドライブデートを祝福するように、快晴だった。

降水確率はゼロパーセント。行く予定の店も事前準備は完璧だし、デートコースはすべて把握している。問題はないはずだ。

仕事では音が静かで数が多く、尾行に向いているのでプリウスを使っているが、私の愛車は黒のプジョーＲＣＺだ。車の写真を撮ると、今から行きますとＬＩＮＥで送った。すぐに明歩からありがとうと返事が来て、こちらもスタンプでよろしくー、と応じた。

横浜に向けて車を走らせる。

ラフな感じでも、だらしなくしちゃだめですよというまどかの勧めに従って、シャツにズボン、ともにブランド物を選んでもらった。内側にも刺繡《ししゅう》が入っていて、おしゃれ感がある……気がする。私は細かい心配りが大事というまどかの言葉を思い出し、ペットボトルの緑茶を用意しておいた。

待ち合わせ場所に現れた明歩は、白いブラウスにジーンズというラフな格好だった。いつもはお団子にしていた髪をほどいている。春の日差しを浴びて、黒髪がつやつやと光っていた。

「お待たせしました。あ、私のために用意しておいてくれたんですね。うれしい！」

明歩は喉が渇いていたとさっそく緑茶を飲む。私はハンドルを握りつつ、心の中でガッツポーズ。よし、つかみはバッチリだ。まどかのアドバイスが功を奏した。

ドライブは定番とも言うべき、河口湖《かわぐち》をめぐるコースだった。しばらくとりとめのない会話を交わす。

「黒崎さん、運転上手ですよねえ」

「そうですかねえ、普通ですよ」

「そんなことないです。何ていうか、落ち着けるんですよ。安心、安心」

明歩はニコニコしていた。思わず鼻の下が伸びる。

しばらくドライブしてから、眺めのよい高台の公園で休憩する。二人並んでベンチに座った。

「黒崎さんって、海外文学もよく読むんですよね。お部屋にもあんなにいっぱい」

「ええ、まあ」

おいでなすったと言う感じだ。私は結局、購入した文学作品について、九割方読むことはできなかった。読んでもうまく理解できていない。仕方なくネットであらすじをつかんでおくしかなかった。

「ハードボイルドものはやっぱり古典。味がありますよね」

そう言って、明歩はチャンドラーやダシール・ハメットについて語った。私は読めずじまいでわからなかったので、適当に相槌を打った。

「黒崎さんはどうですか」

私が読んだのはハードボイルド御三家の一人、マクドナルドの作品だけだった。これだけはある程度語れるように、感想を一字一句まで考えてきた。

「最初に読んだ時は違いましたが、主人公が今の私と同じくらいの年で探偵ですし、今読むと親近感がわくんですよね。まあ、私はロールスロイスなんて乗れるはずもありませんし、プレイボーイでもない。それに失敗した時は無報酬なんてとんでもない。ちゃっかり受け取りますけど」

ちょっとしたオチをつけてみた。笑顔が返ってくると思ったが、明歩の反応はどこか冷めたものに見えた。

「あの、黒崎さん」

「はい？」

「そのお話ってトラヴィス・マッギーシリーズですよね？」

確かそうだった。私は自信をもってええと答えた。

「でもその作者って、ロス・マクドナルドじゃないですよ」

私は言葉に詰まった。混乱して目の前をピエロのようなものが駆け抜けていく。あれ？　そうなのか。確かマクドナルドの傑作古典と書いてあったはずだ。

「ジョン・D・マクドナルド作です。こちらもすごく有名で、よく間違う人がいるんですけど」

私は沈黙してしまった。そうだったのか。全く知らなかった。これはまずい。いくら取り繕ってもこのミスは致命傷だ。言い訳をすればするほど、墓穴を掘っていくだろう。海外文学通どころか、逆に全く知らないということをさらしてしまう。

このデートの前、まどかが口にした不安が見事に的中した格好だ。以前のお見合いでもそうだが、結局のところ、私は墓穴を掘ってその穴にはまってしまう。初めから正直に言えばいいのに、ちょっとした見栄のようなものがあって、自分を良く見せようとしてしまうのだ。

「すみません、正直に言います。本当は文学にはあまり興味がなくて」

明歩から気にしないでというフォローはなかった。

当然だろう。問題は文学について知らなかったことではない。そのことを隠すために、嘘に嘘を重ねてしまったことだ。その場を取り繕うために嘘を重ねていく不誠実な人間と思われただろう。本棚の写真が今となってはとんでもなく恥ずかしい。もうだめだ。今回も婚活という探偵は私を逃してはくれなかった。棚に並んだ本はＬＩＮＥのやりとりの後、全部買いそろえたものだと話したが、今になって本当のことを打ち明けても遅いのだ。

長い間、沈黙が流れた。これではこの後、予約したレストランでいくらおいしい食事が出されようが、決しておいしくは感じないだろう。もはやすべては終わったのだ。この私の嘘によって。

もう一度、すみませんと謝ろうとした際、明歩が先に口を開いた。何かを言ったように感じたが、小さくて聞き取れない。

「うれしいです」

聞き間違いだろうか。私にはその時、明歩がそう言ったように感じられた。嘘をつかれていたのだ。うれしいはずなどないだろう。

「うれしい……ですか？」

明歩はこくりとうなずいた。

「本当にうれしいです」

聞き間違いではない。私は半開きの口を閉じられないまま、彼女の横顔を見つめた。

「だって黒崎さん、私のために一生懸命、本を集めてくれたんでしょう？　こんなこと、普通はできません。嘘をついたっていっても、こんなに温かい嘘なんて初めて」

明歩は感動して涙ぐんでいるように見えた。彼女は私に幻滅するどころか、逆に好意を感じてくれているのだ。

「わたしは両親を早くに亡くしました。ずっと一人で生きてきました。いいことなんてあったのかな。自分ではわからへんけど、それなりに頑張ってきたつもりです。優しくしてくれる人もいました。でもどこか生い立ちに同情されているような気がしちゃって。そんなの関係なく本が好きっていう私に合わせようと一生懸命に頑張ってくれたんは、黒崎さんが初めてや」

「稲田さん」

「黒崎さんの背中、大きいなあ。ウチの死んだお父ちゃんみたいや」

明歩はもたれかかって来た。私はそのままの姿勢で前を向く。

横をちらと見ると、胸の谷間に目が釘付けになり、我に返って視線をそらす。私はいい加減にしやがれと股間を殴りつけたい思いだった。まだ春なのに脳裏には『夏の日の1993』という曲が流れている。そのまましばらく、二人で夕焼けを眺めていた。

それにしても彼女は本当にいい子だ。アドバイザーのまどかは、婚活をダイエットに喩えていた。ダイエットを始めて努力してもなかなか体重は減らない。しかし一気に落ちる時期がある。婚活も同じで、継続が必要。あきらめないで続けていればある時、運命の人に出会えたり、何かのきっかけで相手との距離が一気に縮まることがあったりするそうだ。今がその時なのかもしれない。徒労に思えた努力が報われたのだろうか。

それからいい雰囲気のまま、予約したお店へと向かい、食事を楽しんだ。恰好つけての知ったかぶりや、文学に疎《うと》いことを打ち明けてから、気が楽になった。

嘘はもうやめよう。話題は海外映画やドラマに向いた。

「それでわたし、ジェイソン・ステイサムにはまっちゃったんです」

海外映画やドラマに関しては、ある程度見ているので対応できた。

「その前はランス・ヘンリクセンでした」

どうやら彼女は若いイケメンより、苦み走った男性が好みのようだ。そうか、彼女は男性に父親の影を重ねているのかもしれない。何故こんなに若い子が自分のような中年でもいいと言ってくれるのか。その答えがここにあるように思えた。

「それでその映画、教会のシーンが大好きなんですよ」

知らない映画だったので、私は相槌を打ちながら聞くだけだったが、彼女のそのシーンに対する思い入れが伝わって来た。

食後のデザートを味わいつつ、ようやく語り終わってから、明歩は少し改まった表情になった。

「それで黒崎さん、一つだけ頼みごとがあるんですけど」

「何ですか」

私は微笑みながら問いかけた。明歩はどうしたのか、言いよどんだ。

「あ、やっぱ後で言います」

何故か顔を赤らめていた。

食事を終えると、車に戻った。明歩はこの後、どうしても行きたいところがあるらしい。好きな映画に出てくる教会に似た建物があって、そこに私を連れていきたいというのだ。

目的地はナビには入っていなかったので、明歩の言う通りに私は車を走らせた。海岸沿いの道をしばらく行く。

「あ、そこです」

高台に大きくはないが、チャペルのような建物が見えて来た。私が車を停めると、明歩は建物に近づいていく。赤レンガ風の建物で、横には階段があった。

「こっちこっち」

可愛らしく手招きされた。私は明歩を追ってらせん状の階段を上がっていく。それほど大きな建物ではないので、屋上に着くのはすぐだった。

屋上からは街の光が綺麗に見えた。だがそれよりも大きな吊り鐘に目がいった。これを鳴らすと、願いがかなって幸せになれるらしい。ネットで調べた時は、こんなスポットはどこにも書いてなかった。近くに住んでいるから知っている穴場なのだろう。

私は鐘から下がっているひもを手にした。私が願った幸せとは、もちろん結婚することだ。明歩とともに幸せな家庭を築きたい。私は心からそう思った。リンゴーンという綺麗な鐘の音が夜空に響いた。

「それで黒崎さん……」

「はい？」

「実は今度、大阪にこの教会の大聖堂が建てられるそうなんです。そこにはもっと大きな鐘ができるんですって……」

明歩はそこで間合いを開けて、下を向く。だがすぐに顔を上げた。

「だいぶ先、十二月だそうなんですけど、一緒に行きませんか」

私はしばらく固まっていた。いやその時間は決して長いものではない。二、三秒ほどだ。それでも長く感じたのは、その提案の重要さがわかったからだ。

普通のカップルのデートなら、この提案は大した意味はないかもしれない。だが結婚相談所には交際期間というルールがある。基本的に三ヶ月、多少のズレは許されるがその間に交際相手と結婚するかどうかを決めなければいけない。今はまだ四月だ。つまり十二月に一緒に行くと言うことは……。

──思い切りプロポーズじゃないか。

体中が沸騰したように熱かった。これがさっき言いかけた頼みごとか。私は思わず彼女の手を握り、大きくうなずいた。

「行きましょう！　一緒に」

明歩は目を輝かせていた。

「よかった。うれしい！」

私と明歩は一緒に鐘のひもを握った。二人して微笑みあうと、一緒に鐘を鳴らす。横浜の夜空には小さな鐘の音が響いて、しばらく消えなかった。

4

ドライブデートの翌日、私はウィンドミル探偵事務所にいた。

珍しくというほどでもないが、今日はデスクワークだ。だがどうも集中できない。

「だからキャラメルマキアートを甘く見るなって言ってんだよな。泡立て一つとっても簡単じゃねえっつうの」

集中できないのは、風見がスイーツにこだわって騒いでいるせいではない。昨日のデートから、軽い興奮状態が収まらないのだ。ちゃんとした約束ではなかった。だが今、私は婚約した身の上といえるのかもしれない。

今日は仕事を終えた後、相談所に出向いて、まどかと今後について話し合ってくるつもりだ。

考えていると、いつの間にか風見が横に立っていた。

「ほい、ご苦労さん」

風見が自分で作ったカプチーノを差し出した。無闇とうまい。とっとと探偵をやめてカフェでも始めるべきだろう。

「所長、それで例の二階堂弁護士の件、どうなったんですか」

すでに終えた仕事で、あまり関心はなかったが、とりあえず聞いてみた。風見は耳たぶをつまむと、ああと応じた。

「それが困ったことになってるんだわ」

「困ったこと、ですか」

婚約者である井川由紀菜がＡＶに出ていたという事実は揺るがない。彼女自身もそれを認めているのだ。学生時代、学費に困って出演したそうだ。

「二階堂弁護士も彼女のビデオ出演は事実と受け入れたらしい。けどな、それでも結婚をあきらめきれないでいるらしいわ。まあ、家族の話ではようやく別れる方向で納得してくれたそうだが」

「そうでしたか」

「お母さんがお礼を言いたいそうだから、後で伺ってくれ。まあ、母としての立場なら、おかしな子をつかまされずにすんだってほっとしているんだろうがな。本人は簡単に割り切れないだろうよ」

事情があってのことだからと許容できるかどうかは人によりけりだろうが、法曹界で名の知られる二階堂家が彼女を受け入れるはずはなかろう。とはいえやりきれない。すっかり立場が逆転し、結婚が決まりそうな自分にとっては複雑な心境ではあるが、私は二階堂、由紀菜ともに深く同情していた。

「それでは所長、今日は帰ります」

「ああ、ご苦労さん」

事務所を出た私は新橋にある結婚相談所『縁 Enishi』に向かった。

エレベーターで例のおばさんに出会うこともなく、無事相談所に入ると、呼び出しボタンを押した。

「こんばんは。電話した黒……」

途中でドタドタと足音が聞こえた。ドアが開き、まどかが立っていた。

「すみませんね。急に予約して。実は相談したいことがありまして」

笑顔で私が語り掛けると、まどかは表情を雲らせた。

「黒崎さん、来ていただいてちょうどよかったです。お話があったので」

「え？　何のことですか」

どうしたと言うのだ？　一気にどす黒い不安が体中を覆いつくしていく。

「城戸さん、どうしたっていうんです？」

「実はさっき、稲田さんの仲人さんからお断りの電話があって」

「そんな馬鹿な！」

私は大声で叫んだ。昨日一緒に鐘を鳴らしたばかりではないか。そんなことがあってたまるか。私はそんなことで相談しに来たのではないのだ。

「黒崎さん、ドライブデートの時、何があったんですか？　お断りは性格が合わないかっていう理由ですけど、そうは思えなくて」

私は崩れそうになって壁に手をついた。まどかの言うことはしばらく頭に入ってこない。ただ断られたという事実だけが悪夢のように頭の中で繰り返されている。もう二度と明歩と会えないなんて。こんなことがあってたまるものか。前回のお見合いとは比べ物にならないほどショックだった。何だこの衝撃は。得体のしれないものが迫《せ》り上がってくる。吐いてしまいそうだ。

「黒崎さん」

ようやくまどかの声が聞こえた。私は力なく、明歩とのデートについて詳しく語った。ほとんど抜け殻のような言葉だったが、ＬＩＮＥでやり取りした内容から、海外文学好きだという嘘がバレたこと、それがかえって二人のきずなを強め、二人で教会の鐘を鳴らしたことまでを話した。

「そうだったんですね。あの教会に行ったんだ」

しばらくまどかは黙り込んだ。スマホを手に何かを調べている。つらいですねという慰めもいらなければ、次のお相手を探しましょうという励ましも聞きたくはない。今はただ、絶望だけがここにあった。

肩をおとして出口に向かう私をまどかが呼び止めた。

「待ってください」

「今日はもういい。帰ります」

これ以上、何も話したくない。明歩のあの笑顔、あの言葉は全て嘘……人とはこうも残酷になれるものなのか。

「黒崎さん、デートはそれだけじゃなかったんですよね？」

私は無言でゆっくりと振り向いた。

「デートの後、勧誘されたんでしょう？　新興宗教に」

私は大きく目を開いた。まどかは憐《あわ》れむようなまなざしでこちらを見つめている。私は何も言い返せなかった。

まどかの推測は正しかった。実はあの後、明歩は頼みごとを私にしてきたのだ。

――入信してくれませんか。

それが明歩の本当の頼みごとだった。彼女は新興宗教の信者で、あの鐘がある教会で毎日祈りをささげていると言う。

正直なところ、その時私はかなり驚いた。即答できずに言葉を濁して終わったが、結婚に向けて避けては通れまい。一晩悩んだが、彼女の笑顔を信じたいという思いが勝った。どんな宗教に入っていようが、構いやしない。

――こういうことはちゃんと言っておかないといけないと思って。

付け加えたその言葉も、私の思いを後押しした。それは明らかに、結婚してから信者だと告白するのは卑怯《ひきょう》だから今言っておくという意味だ。そしてその誠実さはこれからも私との関係は続くという意味にしか取れなかった。はっきり言って、私は宗教には興味がない。家は曹洞宗だったか浄土真宗だったか忘れたが仏教系だ。それでも彼女が特定の宗教を熱心に信じるなら、夫として一緒にそれを支えていこうという思いでいっぱいだったのだ。

いや、そんなに恰好のいいものではないだろう。目の前にある幸せを逃してなるものかという焦燥感。さらに言えば、スケベ心に負けたというだけかもしれない。

しかしまさかあれからすぐに、断りが来るとは思いもしなかった。別れ際にも今度会う日のことを話していたのだ。明歩はいつでもいいですよと言っていたではないか。

油断していると、涙がこぼれそうだったので、天井を見上げた。

しばらくしてから、まどかが口を開いた。

「わたしはあのＬＩＮＥの時から、少し引っかかっていたんです。どうして本棚の写真を送るよう言ったのかって」

そういえば、まどかは心配そうにしていた。

「その時はまだその意味に気付かなかったんです。でも今考えてみると、あれは黒崎さんの思想をチェックするためだったんではないかって今は思うんです」

「私の思想？」

「ええ、本棚を見れば、その人が何に興味あるかだいたいわかりますからね。他の宗教関係の本が並んでいたりしたらその時点でお断りされていたんじゃないですか」

確かにおかしな申し出だった。なんてことだ。あれだけ必死でやったというのに、そんな意味があったのか。全く見抜けなかった。

「それと黒崎さん、言いにくいことですけど、あの宗教は評判がよくないんです」

まどかは説明した。辞めたり勧誘をさぼったりすると、悪いことが起こると脅すらしい。そのため、信者は入信者を獲得することに必死なのだそうだ。

なんてことだ。私は自嘲《じちょう》した。教会へ連れて行くところまでがノルマだったのだろうか。舞い上がって彼女との未来をあれこれと想像した自分が馬鹿だった。

「こんなことは相談所としても滅多にないことです。ただごくまれにそういう布教目的の信者の方が入会してくることがあったので、ひょっとしてと思ったんです。入信してもらえばあとはもうどうなろうが関係ないんですよね。でもうちではもう同じことはできないし、あちらの相談所の仲人さんにも気をつけるよう伝えておきますが……。本当にどういえばいいのか、申し訳ないとしか言えません。何より黒崎さんの心が折れることが一番心配で」

もう十分に折れている。そう言いたいところだが、黙っていた。いまだに信じられなかった。今、明歩はどういう思いなのだろう。少しでも良心の咎《とが》めはあるのだろうか。

「黒崎さん、どうかこれで婚活を嫌にならないでください。いつか幸せになれるよう頑張りましょう」

私は答えることはなかった。軽く手を振って、エレベーターに消えた。

こんな最悪の時に、行きつけのバー『レッド・ベリル』は準備中だった。夕方より早い時間だからやっていないに決まっている。

自宅アパートに戻ってもすることはないので、私は四谷に向かった。事務所で所長が二階堂家を近いうちに訪ねてくれと言っていたからだ。とにかく今は婚活のことを頭から消したかった。

しかしせっかく訪ねた二階堂宅には誰もおらず、私は引き返した。どこまで落ちれば底なのかというほど、ついていない日だ。

四ツ谷駅に向かうと、一人の男性がこちらに歩いて来た。瘦身《そうしん》で四十歳くらい。眼鏡をかけた知的な男だ。すれ違いざま、こちらを向く。やはり二階堂光彦弁護士だった。

「あなたは……探偵の」

私も頭を下げる。家を訪ねたばかりだと告げた。

「五年前、この辺で起きた人質事件で活躍した刑事さんらしいですね」

母親に聞いたそうだ。こんな時に過去のことで褒められてもうれしくはなかった。

「二階堂さん、婚約者の方の件、ショックでしたね……といっても私がバラさなければうまくいっていたかもしれないのに、申し訳ないことをしてしまったのかもしれません」

今ならこの男の気持ちが痛いほどよくわかる。

「いえ、あなたや母のことは恨んでいません。彼女のことは今でも好きです。だからこそ、僕の家族や親戚が彼女を責めるのに耐えられない。僕は彼女を守りきる自信がもてなかった情けない男なんです」

二階堂は苦渋の決断をしたようだ。

「そうでしたか。実は私にも色々ありましてね」

言わなくてもいいのに、自分の身に降りかかったことを正直に話した。

「そんなことが……これは相談所の婚活でもまれなケースですよ」

そうだったのか。かたや宗教、かたやＡＶ……。婚活中年二人は健闘むなしく敗れ去った。彼を見る限り、できることはできるが、できないことはさっぱりできないように思える。その不器用さが他人とは思えなかった。

その時、教会の鐘の音が遠くから聴こえてきた。振り返るといつの間にか日が傾いて、空が夕焼けに染まっていた。

不思議なことに、今、私には明歩を責める気持ちはあまりなかった。ただし知りたかった。彼女はどういう思いで私と接していたのか。そのすべてが嘘だとは思わない。わずかでも私とすごした時間に心から笑えた瞬間があったはずだと信じたい。もう会うことはないだろうが、自分や人を傷つけることなく幸せになってほしいと思う。

私は二階堂の肩を軽く叩いた。

「新宿にいい店があるんです。お暇なら一緒に飲みますか」

「ええ、お供します」

私たちは歩き出す。傷ついた二人の婚活中年を慰めるように、教会の鐘がしばらく鳴り響いていた。

第3話　赤い女

1

いつもは狭く感じる事務所が、今日はがらんとしていた。

私は机の上に両足を投げ出して、缶コーヒーをすきっ腹に流し込んだ。飲むのは決まってブラック。あまり胃にはやさしくないが、苦みがないコーヒーでは味気ない。

私はここ新宿のウィンドミル探偵事務所に所属する私立探偵だ。黒崎竜司という名の通り、無骨な印象で通っている。それにしても暇だ。所長の風見や部下の八神、事務員の安田さえおらず、電話も私が受けねばならない。

来客があったのは、スマホをいじっていた時だった。

「あの、ここの探偵さんですよね」

ドアの傍にそばかすのある高校生くらいの少年が立っていた。

「泥棒だとでも思ったか」

「あ、いいえ」

私は立ち上がると、名刺の中の薄汚れた一枚を少年に渡した。

「ここの探偵、黒崎だ」

少年は呆《ほう》けたように私を見上げていたが、やがて思い出したように封筒を差し出した。

「これ、探偵料です」

封筒の中を見ると、福沢諭吉の顔がずらっと並んでいた。私は少年の顔を睨《にら》みつける。

「坊主、いくつだ?」

少年は廊下に立たされたように直立不動の姿勢になった。

「十七歳。高校二年です」

やはりそれくらいの歳か。私は渡された封筒に来客用の飴玉をいくつか入れて、少年に返した。

「さあ、もう帰れ」

私は胸ポケットからタバコを取り出す。何故と言いたげに、少年は目を瞬《しばたた》かせた。

「未成年者からの依頼は受けていない。どうしても困ったことがあるなら、パパに頼んで一緒に来てもらうんだな」

「そうじゃない! 違います」

私はタバコをくわえたまま、少年の顔を見つめた。

「依頼したいんじゃありません。このお金は以前、事件を解決してもらったお礼なんです」

「お礼？」

「ええ、僕は五年前にここの探偵さんに事件を解決してもらったんです。その時はまだ小学生でお金を持っていなかったけど、高校に入ってアルバイトを始めて、やっとこれだけのお金を貯めることができたんです」

少年は現金入り封筒をタバコの先に差し出し返した。その真剣な瞳がこちらを見据えている。

私は続けろとアゴで促した。少年の名前は淡口麗斗《あわぐちかずと》。児童養護施設で暮らしているという。

「元々父子家庭だったんですが、五年前に孤児になりました。オヤジがビルから飛び降りて死んだからなんです。警察は自殺だって判断しました。でも僕はおかしいと思った。三日後に、僕と魚釣りに行く約束をしていたのに自殺するわけないって」

私はなるほど、と煙を吐き出した。

「普通なら小学生が一人でお金も持たずに調べて欲しいと頼んでも、無視されて当たり前じゃないですか。実際他の探偵さんには断られました。でもここの探偵事務所は、探偵料は後でいいって引き受けてくれたんです」

やがて父親が何者かに〝自殺現場〟に呼び出されたことが判明。他殺の可能性が出てきて警察も動き、犯人は逮捕された。その際、ウィンドミルの探偵が犯人まで捜し出したらしい。ビルから突き落としたのは、不正を嗅ぎつけられた部下だったという。

「後で警察の人に聞いたんですけど、僕は運が良かったそうです。この事務所には凄腕《すごうで》の探偵がいるからって。あれからずっと当時の探偵さんに直接会って、お礼を言いたいって思ってました……もしかして黒崎さんが解決してくれた探偵さんですか」

「いや、私じゃない」

淡口少年は意外そうに目を瞬かせた。

「坊主、その凄腕の探偵、風見って名前だったか」

「いえ、わかりません。僕は事務員のおばさんに頼んだだけだから、探偵さんには会わずじまいなんです」

五年前となると、おそらく動いたのは風見所長だろう。だが正直なところ、風見はそんな働きができるようには見えない。今日も仕事と称して西日本周遊スイーツの旅に出ている。

「またお礼を言いに来ます。お金はその時に改めて」

淡口少年は何度もお辞儀をして出て行った。それにしても驚きだ。風見にも有能な一面があったのか。警察が一度下した判断を覆すなど、よほどのことだ。いや、まがりなりにも探偵事務所を続けてきたのだ。まだ私の及び知らないところがあるのだろう。

そこへ入れ違いのようにサングラスを茶髪に載せた若い男が入って来た。見慣れすぎた顔、部下の八神旬だ。

「黒さん、なんすか？　今のガキ」

私は事情を簡単に説明した。

「マジっすか」

八神は大きく目を開けた。

「あの所長が事件解決って……信じられないっす。スイーツに関する知識だけは認めますけど、うちらばっかに押しつけて、自分では何一つ解決したことないと思ってましたよ。まあ、まだ所長が解決したと決まったわけじゃないかあ。五年前には別の探偵がいたのかもしれないし」

そこまで風見の能力が信じられないのかと苦笑したが、実際私も同じ思いだった。今でこそ仕事の出来る私がいるが、ここに来たのは二年ほど前。それまで事務所はどうやって運営していたのだろうか。

またドアが開いた。次に入って来たのはこれまた見慣れた中年女性だ。事務員の安田おばさんである。別に怒る理由もないのに、いつも不機嫌そうだ。

「安田さん、この事務所って黒さんが来る前、別の探偵がいたんすか」

八神がいきなり投げかけた。

「何故そんなこと聞くのよ」

私は淡口少年が訪ねて来たことについて説明した。安田はそう、と面倒くさげにうなずき、そのくせ一枚の写真をわざわざ引っ張り出して持ってきた。八神は写真を手にすると、声を上げた。

「すっげえ、有能そう」

すかさず覗き見る。風見や安田と一緒に写っていたのは、四十歳くらいのハンチング野郎だった。左右に長く伸びた眉毛が凛々《りり》しく、鼻筋の通ったかなりのイケメンだ。だが、イケメンだけにハンチング帽はないだろ、と心の中で突っ込んだ。彼の名はアカサカシンイチと安田が教えてくれた。

「赤い坂に真実の真に一。探偵としての能力はあったんだけど、酒と女にだらしなくてね」

顔をしかめたまま安田が言ったことには、赤坂は酒と女で借金を重ね、ウィンドミルをやめた。今はパチンコで稼いでいるのだという。私はクセの強いイケメン先輩探偵を、憐れみの目で見つめた。

午後十時前。私はまたしても自宅アパート近くの公園にいた。

さび猫が邪魔臭げに姿を現す。餌をやると、義務のように食べた。

公園のブランコに座りながら赤坂真一のことを考える。だらしない男のようだが、淡口少年は会いたがっていた。引き合わすために、彼の居所を突き止めてやりたい。安田の話では、ゴールデン街で今も飲んだくれているだろうとのこと。まあ、あの街は狭い。すぐに見つかるだろう。

それにしても、もったいない。赤坂はあれだけ男前ならモテて当然だろう。しかも能力も高い。酒も女も、溺《おぼ》れなければ身を持ち崩さなかったはずだ。一方の私は女性にまるでモテず、この歳で人知れず婚活をしている。まあ仕事の能力は私の方が上だと思いたいが。

――いや、私は赤坂と違って明るい未来へ向かって努力している最中なのだ。

問題は明日だ。

この前のひどい断られ方から、ようやく立ち直りつつある。また新たな女性と明日、会うことになったからだ。私はスマホを取り出すと、『縁 Enishi』のホームページにアクセス、IDとパスワードを入力して、相手の女性を表示した。事務所でもたっぷり見ていたが、淡口少年の不意打ち的来訪で焦って消してしまった。

表示されたのは、野暮ったい眼鏡をかけた会社員の女性だった。三十二歳で西田穂乃《にしだほの》果《か》という名前だ。

「なあ、うまくいくと思うか」

　さび猫に問いかけると、大きなあくびが返って来た。まあ今回もダメだろうけどせいぜいがんばれや、といったところか。何とも頼りにならない励ましを受けながら、私は出たとこ勝負で頑張るしかないと決意した。

　当日は雨が降っていた。

　待ち合わせ場所になったシャングリ・ラ ホテル東京の二十八階ロビーラウンジに向かう。エレベーターを降りると、同じ目的でやって来たのであろう男女や仲人らしき人が多くいた。みなそわそわと落ち着かず、いつもながら異様な光景だ。ひょっとしてそんなことを思っているのは私だけなのだろうか。

　トイレに立ち寄り、ネクタイをチェックしてロビーに戻った。見合いも三度目になると、少し慣れてきたように思う。

「こんにちは。黒崎さん」

　エレベーターホールの方からアドバイザーの城戸まどかがやって来た。

「それではお相手の西田さんのプロフィールをもう一度、チェックです」

　自分で言っておきながら、まどかはうーん、と言葉に詰まった。プロフィール欄には自己アピールや紹介所の推薦文があるのが普通で、多い場合には原稿用紙五枚ほどもあったりする。だがこの西田穂乃果という女性は全くの空白なのだ。

「あまりやる気がなく、親が無理に申し込んだケースでしょうかね」

「そういうわけじゃないみたいですけど、あまり積極的にしゃべらない女性みたいです。黒崎さんがリードしていってくださいって向こうの仲人さんが言ってました」

「いやー、そうですか」

困ったな。プロフィールの情報をもとに相手のいいところを褒めるパターンしか知らないのだが……。

「城戸さん、ここよ」

仲人らしき着物の女性が手を振っていた。五十代くらいでかなり恰幅がいい。その後ろに隠れるように、眼鏡をかけた一見して暗い感じの女性がいる。

「初めまして。黒崎です。今日はよろしくお願いします」

ない勇気を振り絞って快活に挨拶をする。一拍おいて西田穂乃果は頭を下げた。よろしくと言った気がするが、声が小さくて聞き取れない。これは本当に私がリードしないといけないようだ。

「今日はあいにくの雨ねえ」

「雨男、雨女がいるんですかね」

飲み物を注文するまで、しばらく二人の仲人が中心になって会話が進んだ。

「西田さん、黒崎さんは元刑事さんなんですって」

「……恥ずかしながら」

笑みを絶やさぬよう努めながら、西田穂乃果を観察した。ほとんど化粧っ気がなく、服装もグレーのワンピースで地味だ。のび太的といえばいいのか、女性にそんな形容は失礼すぎるだろうが、とにかく黒ぶちの眼鏡が目立っている。

二十分ほど話して、仲人の二人は立ち上がった。まずい。これまで私と穂乃果に会話はまるでなく、これではどうやって場をもたせればいいのかわからない。なにしろ、穂乃果は話を振られても、義務的に「ええ」とか「はあ」と繰り返すだけなのだ。

「さてと城戸さん、私たちは行こっか」

「そうですね」

おいていかないでくれ！　と私はすがるような眼差しを送った。しかし二人はそれをどう受け取ったのか、頑張れというような微笑みと頷《うなず》きを残して去っていった。

絶海の孤島のような状況に二人、取り残された。孤島に二人きりなら、何か言わなくてはいけないと思い、会釈した。

「あ、改めてよろしくお願いします」

どうも、という小さな声が返ってきた。いやはや困ったぞ。しゃべらない女性だとは聞かされていたが、しゃべらないなんてもんじゃない。言葉を発しない相手を前に、どうやって会話の糸口をつかんだらいいだろう。

案の定、そのまま会話が途切れた。

彼女はアイスティーをちびちびとすすっている。私の方のグラスにはほとんど残っていない。私はアイスティーを飲む人間が珍しいかのようにただ彼女の口元を見つめるばかりだ。会話の途切れるのを恐れるあまり、問いにすがりつくことは痛々しいのでやめましょうとアドバイスされていたが、だからといってどうすればいいのだ。このまま無言ではダメに決まっているではないか。こんな相手と盛り上がれる人がいたら私は無条件で尊敬する。いや信奉する。

「お仕事は具体的に何をされているんでしたっけ？」

「……普通の事務員です」

「そ、そうでしたね」

私はハンカチで額の汗をぬぐった。

「ご自宅に帰った後とか、何かされているんですか」

「有料放送を見てます」

「映画とか海外ドラマが好きなんですか」

「いえ、これといって」

冷めた反応しか返ってこなかった。やはりダメだ。会話が続かない。私の努力を穂乃果は少しも汲《く》んでくれないらしい。

見合いの予定は一時間だが、まだ三十分以上残っている。比喩ではなく拷問だ。猛烈に焦った私は、過去の見合いの成功体験に照らし合わせ、自分語りを始めた。

「……乱戦になりましてね。その時はこっちも必死で犯人を取り押さえました。何となく腹が痛い気はしていたんですが、まさか骨まで折れているとは……」

相手の顔を極力見ないようにして五分以上話し続けた頃、はあというため息が聞こえた。……私は少なからず傷ついていた。誰でもそれなりに興味を引く内容だと思うのだが、これでもダメならどうすればいいんだよ、と泣きたくなってきた。

「そういうわけで、何だかんだで無茶ばかりしてきました。タハハ」

機嫌をうかがう中年男と地味女。私はアイスティーというか、アイスティー風味の溶けた氷をすすった。ここまですするってあんまりないよな、などと考えるだけでも、考えることがあるだけましに思えてくる。味気ない。この見合いは実に味気ない。

沈黙が支配する。さっき見た時から時計の針は二分しか進んでいない。仲人がいた時も含めてまだ四十分にもなっていないが、話すことは完全に尽きた。

――ダメだな。これは……。

一、二回目の見合いの時とはまるで雰囲気が違う。これだけ気を遣っているのに、会話になっていかない。これでは見合いで無理しても、その後が続くはずがない。

私は諦め、少し早いけど行きますかと声をかけようとした。だがその時、彼女が横の椅子に置いていたバッグが目に入り、もうひと話題だけ振ってみようかという気になった。バッグ自体は何の変哲もないものだが、ネズミのようなキーホルダーが付いている。何故か赤い野球帽をかぶっていた。

「広島の帽子？　西田さんってカープ女子なんですか」

まあ、どうでもいい問いだった。今さら話が急に展開していくこともあるまい。そういう諦めの気安さが続く質問を生んだ。

「そういえばその眼鏡、ロードンみたいですね」

無意識に投げかけた言葉に、穂乃果は雷に打たれたように固まった。うん、どうした？　いけね、怒ったか？　ちなみにロードンというのは八十年代後半、広島カープに在籍した外国人選手のことだ。大きな眼鏡が特徴的だった。

彼女は口元に手を当てた。

「わかってくれた人……初めて」

私は目を瞬かせ、えっと漏らす。

「そうなんです！　この眼鏡、ロードンがかけていたのと同じモデルなんです。そりゃ苦労して入手したんですから。小さい頃、ロードンがクラーク・ケントみたいですっごく恰好いいと思って。なんだ、黒崎さんもカープファンだったんだあ」

いや、違うのだが……私は、ごりごりの巨人ファンだ。一番プロ野球にはまっていた中学時代、敵チームに在籍していた選手なので、たまたま覚えていただけなんだが。しかもクラーク・ケントってこの子、何歳だ？

「そうでしょ？　カープファンじゃなきゃわかるはずない！」

「は、はあ」

「やっぱり！　カープ女子とかちょっと前にはやりましたけど、私は三十年、カープ一筋なんです。ロードンに頼んでドローンを飛ばしてもらいましょうか……とかオヤジギャグをかましても、誰にも理解してもらえなくて……」

あっけにとられて、しばらく何も言えなかった。それは彼女が急にしょうもないことをしゃべり出したからだけではない。広島について熱く語る穂乃果の笑顔が輝いていたからだ。

穂乃果は黙り込んでいた時とは別人のように、それからのべつ幕なしにしゃべり続けた。鞄に付けたキーホルダーはネズミではなくカピバラで、広島にはカピバラ三兄弟というのがいるらしい。私は実は最近のことはわからないと前置きしたうえで、マニアックな話に付き合った。広島ファンではないが、同じセ・リーグファンなのである程度までは理解できる。三十分がつらかったのが嘘のように、それから一気に二時間以上語りあった。

「着メロは、爆風スランプの『Runner』なんですけど、その意味に誰も気づいてくれないんです。野村謙二郎《のむらけんじろう》のテーマ曲だったじゃないですか」

私は苦笑の後、もっと喜ばせてみようかと、調子に乗って覚えている外国人スラッガーの応援歌を鼻歌で再現した。

「そうそう。『麦わらでダンス』のランス！　振り回せランス！　ランス〜♪」

ランスではなくこっちが振り回されている感じだが、この調子で別れ際まで彼女は底抜けに明るかった。

「西田さん、それじゃあ今日のところは」

「ええ、お見合いなんてって思っていたけど、本当に楽しかった」

穂乃果と別れてから空を見上げる。いつの間にか雨はすっかり上がり、雲の合間から太陽の光が差し込んできた。

2

穂乃果との見合いから二日後、私は仕事を終えて、まどかと一緒に銀座のデパートにいた。

「城戸さん、もういいですよ。服くらい適当に選びますから」

次回デートに備えてファッションアドバイスを受けることになってしまったのだ。まどか命名による「おしゃれ中年ステキ化計画」だったか何かで、連行されてきた。

「軽装だからって、侮っちゃだめですよ。神は細部に宿るっていうでしょ？　女性はそういうとこ、ちゃんと見ていますから」

まどかに言われることは頭ではわかっているが、おしゃれというものがさっぱりわからない。そもそも照れくさくて一人で洋服店になど入れないのだ。

先日見合いした西田穂乃果からの返答はもちろん、交際ＯＫ。すでにファーストコールをいれて、覚えたてのＬＩＮＥでやり取りをするようになった。

「うーん、これよくないですか？　遊び心があって。よく見ると裏地にクマさんの絵柄が入っていてキュートです」

どうでもいいよ、と私は心の中で悪態をついた。と言うか何故クマ？　こちらのセンスが皆無なために盲目的に従っているが、まどかのセンスは本当に大丈夫か。

「このズボンによく合いますって」

結局私はまどかに勧められるまま、ブランドもののジャケットやシャツにズボン、靴などに十万円ほど使う羽目になってしまった。やれやれ。婚活は思った以上に金がかかる。『縁 Enishi』が服屋と提携して金をふんだくる計画にすら思える。そういえば婚活写真も持っていったのに、指定された写真屋で撮り直しになった。もちろん本当に結婚できるのであれば百万や二百万など安いものだが……という私の考えは危険水域に入っているだろうか。

「それじゃあ黒崎さん、今度のデート、ファイトですよ」

「はあ、頑張ります」

そこでまどかとは別れた。彼女とは相談所で初めて会ったのだが、どういうわけか懐かしい気がする。アドバイザーだからと思っているからか、女性と話すのが苦手なはずなのに、初めからしゃべることができた。不思議な女性だ。

——さてと、今日はまだこれから仕事だ。

私は電車に乗ると、新宿に向かった。淡口少年が会いたがっていた赤坂真一という元探偵を捜しに行くのだ。

午後九時前。ゴールデン街に足を踏み入れると、刑事時代からの知り合いであるホストクラブのオーナーにさっそく話を聞くことにした。

「なあに？　黒ちゃん」

彼女、いや彼はゴールデン街の事情に詳しい。私よりも体格のいいオーナーに、安田にもらった写真を差し出した。

「この男、知ってるかな」

「え、なにこれ赤坂ちゃん？　ええ、もちろん知ってるわよ」

さすがよく知っている。いきなりヒットだ。

「どこにいる？」

「いつも飲んだくれて、よくもめごとを起こしているのよ。そうそう。また今日も喧嘩《けんか》して捕まってたわ。まだ交番にいると思うけど」

オーナーは困った人なのよ、と頬に手を当てた。一瞬かわいく見えてしまった。どうやら疲れがたまっているようだ。

「ねえ、赤坂ちゃんがどうかしたの？」

「ん？　心配しなくても、俺が捜しているくらいだから、殺人事件の容疑者になって警察に追われてるってわけじゃない。それじゃあ邪魔したな」

礼を言ってホストクラブを出た。

交番には一人の中年男性がいた。タオルを頭からかぶって、連行されていく被疑者のようだ。遠目から見た感じでは髪が長く、着ているものもみすぼらしい。

出てくるまで少し待って、声をかけた。

「赤坂真一さんですね」

「ああ？」

タオルを取った赤坂から、鋭い眼光が向けられた。写真と比べると、だいぶ老けているが、端整な顔立ちは同一人物であることを告げていた。

「ウィンドミルで探偵をしている黒崎です。少し話せますか」

「ほお、俺の後釜ってわけか。どういう了見かしらんが、おごってくれるならいいぜ」

赤坂は酒をあおる仕草をした。仕方なくタクシーを拾うと、行きつけの『レッド・べリル』に足を運んだ。あそこなら何事につけやりやすい。

ウィスキーをロックで注文すると、いつもの端の席に腰かける。赤坂も横に座り、ここぞとばかり、かなり値の張るバーボン・ウィスキーを注文した。

「はい……これも、ですね」

女性バーテンダーの倉野梓紗は綺麗なアーモンド型の目で私を見ながら、スモークチーズを差し出した。

「おい、黒崎とか言ったな。それで何の用事なんだ」

「いい話ですよ」

先日、淡口少年と会ったことを告げた。事件を解決した探偵に会って礼を言いたいらしい、と。

「なるほどな。ふふっ、あのガキが……」

赤坂はチーズをうまそうに食べた。

「それで赤坂さん、当時、その事件をどうやって解決したんですか」

「あれか……女だ」

「女？」

「……あ、いや」

チーズが詰まったのか、赤坂はむせ込んだ。バーボンで流し込む。

「事件の陰に女ありじゃねえが、事件ってのは結局、女が絡んでくるんだよ。聞いてるかもしれんが、あの子の父親に不正を嗅ぎつけられた部下の犯行だった。そいつの女をマークして、行動を把握することで真相にたどり着いたのさ」

それから赤坂は立て続けに、三杯のグラスを乾《ほ》した。

「お前さんもいい探偵になりたきゃ、女性心理をもっと学ばないといけねえぜ。俺もだけどな」

私は黙ってグラスの縁をなぞった。婚活で四苦八苦している私にとっては、耳が痛い。

「じゃあな後輩。また誘ってくれ」

赤坂が去ったあと、ピンコンと音がした。ＬＩＮＥで連絡ということは穂乃果からに違いない。赤坂がいる時に鳴らなくてよかった。

——こんばんは。お仕事お疲れ様です。明日から東京ドームで宿敵ジャイアンツ戦ですね。一緒に行きませんかあ？　急ですみませんけど、東京ドームのチケットが二枚あるので☺

思わぬデートの誘いだ。まどかのアドバイスでは二回目は食事デートが妥当らしい。とはいえせっかくの誘いだ。球場でだって食事はするだろう。こじつけのようなことを思いつつ、さっそくオーケーの返事を出した。

——じゃあ、午後五時半に東京ドームホテルのロビーでいいですか。51番のユニで行きます。優勝だあ！　仕事なんて知ったことかあ！（笑）頑張れカープ、負けるなカープ♪

まだ会ったばかりだというのに、あまりにもノリノリで面食らったが、その実ニヤニヤが止まらない。赤坂が帰ったあとで本当によかった。スマホで少し調べてみたが、東京ドームの巨人戦のチケットは簡単に取れない。一ヶ月先の試合でも立ち見以外は完売になっていた。穂乃果は私のために、無理をして入手したのではなかろうか。いやー、ないか、フフフ。

唯一の障害は穂乃果が私を完全に広島ファンと思い込んでいることだ。お見合いで知ったかぶりの嘘を重ねて反省したばかりだったが、今回も今さら巨人ファンだと告白すれば、たちまち破綻するに決まっている。いっそのこと、カープファンになってしまうか。巨人に未練はあるが、あの笑顔の方が優先だ。

「悩み事でもあるんですか」

いつの間にか梓紗が目の前にいて、話しかけてきた。

「大したことじゃないさ」

焦りつつも余裕をかまして、微笑んだ。今は梓紗にどぎまぎする自分ではないことに、新鮮な驚きがあった。

翌日、実にうまいことに仕事はあっさりと終わった。

よくある浮気調査だった。真っ昼間に、道玄坂《どうげんざか》のラブホテルでカメラに決定的場面を収めて、いったん新宿の事務所まで帰ることになった。

車内のデジタル時計は午後三時半を示している。仕事の後はいよいよ東京ドームに乗り込む。慣れ親しんだ聖地にもかかわらず、ビジターのような気分だ。不本意ではあるが、今日だけは三塁側でしっかりとカープファンを演じなければいけない。

助手席で缶コーヒーの苦みを味わった時、八神が話しかけて来た。

「黒さんって野球、どっかのファンなんですか」

噴き出しそうになった。お前は相手心理を見抜くCIAの捜査官か。

「いえね、彼女が野球に興味もっちゃって」

八神が野球ネタを振って来たことはないので慌てたが、どうやら杞憂のようだ。

「俺は子供の頃からジャイアンツファンだ」

そう、穂乃果には広島ファンと思われているが、後楽園球場の時代から巨人一筋だ。

藤田、王、牧野のトロイカ体制について八神にレクチャーしたくなる。ピッチャーの西《にし》本《もと》がその頃の野球選手には珍しくアウディに乗っていたとか、小ネタも言いたくて仕方ない。

「他の球団に浮気したくなることってないんすか」

私はコーヒーを軽くすすった。

「まあな。長く応援してりゃあ、結果が悪いシーズンだってある。球団の方針に腹が立つことも。けどこれは理屈じゃない」

「理屈じゃない？」

「ああ、いい時は言うまでもないが、どんなにボロボロな時でも見捨てられないのさ。そしてこれは野球に限らない」

私は缶コーヒーを一気に飲み干し、手の甲で口元をぬぐった。

「一度好きになったら、ただ黙って愛し続けることしかできない。まあ、男なんてそんなもんだ」

思わず熱く語りすぎてしまった。ステレオタイプにかっこつけた嫌いがある、と瞬時に後悔したが、八神の反応は違っていた。

「……すげえ、恰好いい」

思わぬ尊敬の眼差しを向けられ、驚くとともに面映《おもは》ゆかった。

途中で八神を降ろし、事務所まで車を運んだ。

「誰もいないようだな」

独りごち、事務所の奥にあるロッカーに向かう。この中にはおしゃれ中年変身……だったかのアイテムが入っている。まどかに付き合ってもらって買いそろえた例のブランドものだ。誰も他人のロッカーなど開けないのだが、いつもはかけない鍵を厳重にかけてある。

事務所には誰もいないので、値札をとって服を着てみた。鏡に映してポーズを決める。もちろんバッティングポーズだ。

「悪くないな」

誕生したばかりのおしゃれ中年は、その後アゴに手を当てながらニヒルに微笑んでいた。顔が多少いかつい気がしないでもないが……。

だがさらによく考えてみると、これから行くのは東京ドームであって、レストランではない。おしゃれ中年と化しても、浮いてしまうのではないか。穂乃果もユニフォームで来ると言っていたし……しまった。ここはカープのユニフォームで行くべきではないか。穂乃果からしてみたらせっかくユニフォームで行くと宣言したのだ。私にも着てきて欲しいに決まっている。

――くそ、どうする?

今から買いに行くか。しかし東京でカープのユニフォームなど売っているのか。ネット注文では間に合わない。パソコンで検索すると広島ブランドショップが銀座にあることがわかった。営業時間もまだ大丈夫だ。よし！

値札レシートを詰めた袋をごみ箱に捨て、変身グッズを再びロッカーに放り込むと事務所を出た。時刻はすでに四時半。こうしてはいられない。総計十万も出したおしゃれ中年変身アイテムは何だったのかと徒労感に襲われるが、やむを得まい。急いで電車に乗り、銀座に向かった。

待ち合わせ時間は五時半なので、あまり選んでいる時間はなかった。

「よし、これで行くか」

いぶし銀松山の55番ユニフォームを購入。さっそく着替えると、JRに乗って、水道《すいどう》橋《ばし》で降りた。闘魂込めてのメロディがホームに流れる。

駅には同じように巨人や広島のユニフォームを着た人が多くいた。

「黒崎さあん！」

小さなユニフォームがダッシュしてきた。手には赤いメガホン、首には赤いタオルと完全武装したカープ女子がそこにいた。

「あれ？　ロードン眼鏡は？」

穂乃果は眼鏡をしていなかった。私の目はフォーカス先を探していた。

「応援の時はコンタクトです。だって興奮して眼鏡がすっ飛んじゃうといけないから」

てへ、とばかりに穂乃果は舌を出す。フォーカスが合った。その様が妙に可愛らしかった。飲み物と食べ物を買ってメガホンを振って、と楽しい想像が膨らんだ。だが同時に冷静な私が告げた。この子はどれだけ激しい応援をするのかと。

「黒崎さんもユニフォーム似合いますね。すごくわくわくしちゃう」

私は先を行く穂乃果を眺めながら、改めて思った。ユニフォームを着た女性はなぜこんなにも魅力的なのだろう。

「早く、早く」

手招きに応じて私は二十三番ゲートから三塁側の内野席へと足を運んだ。

球場内を見渡すと、すでにほぼ満席だった。相変わらずの熱気だ。そうだ。東京ドームの雰囲気はこうだった。試合開始を直前に控えて盛り上がっている。だが今までとは違う。今日はホームチームの一塁側ではなく、ビジターの三塁側なのだ。

レフトスタンドでは広島の赤い応援団が、威勢よくトランペットを奏でていた。

「ビールいかがですかあ」

試合開始前だが、売り子のビールを売る声が響いていて、すでに顔を赤くしてできあがっている観客もいた。

「今日勝ったらでかいぞ！」

汚らしい無精ヒゲのおっさんが叫んでいる。穂乃果が武者震いをするように赤い鉢巻を締めて顔を上げた。

「黒崎さん、心の準備をしておいてくださいね」

「準備？」

「ええ、わたし、試合になると興奮しちゃって、意味不明な行動に出るかもしれないから。覚悟してください」

覚悟って⁉　まあ、女の子だしな。そうはいってもかわいいものだろう。

私たちは階段のすぐ横、出入り口近くの席に腰かける。何げなく右斜め前、十段くらい下の席に座ったカップルが目に入った。じゃれあいながらポップコーンを二人で食べている。いつもなら嫉妬の炎で焼き払ってしまいたくなるが、私たちも今あんな風に見えているのだろうかと冷静だった。だがこうして落ち着いて見ていると女性の方は全く知らないが、男の後姿には見覚えがあった。

——いや、まさかな……。

あっという間に時間は経って、午後六時だ。球場内は静寂に包まれる。緊張感の中、左バッターボックスに先頭打者が入る。球審がプレイボールをかけた。

「まずはどんな形でも出ることね」

穂乃果は腕組みをして、じっと試合を見つめている。おいおい、まるで監督だ。

先発の若手左腕によって第一球が投じられる。その直後、乾いた打球音が響き、白球がレフト方向に高く舞い上がった。

「おおっし！」

「入れ、入っちまえ！」

打球は思ったよりも長く空中を漂い、スタンドインした。私の愕然《がくぜん》も含んだ一瞬の沈黙ののち、大歓声が三塁側で起こった。

「よっしゃあ！」

「入ったあ！」

思いもしなかった先頭打者ホームランだ。穂乃果も大声をあげた。メガホンが乱打される。私はとばっちりで叩かれたが、興奮して彼女は気づかない。おいおいたまったもんじゃないぞ。応援団が点の入った時の曲、『宮島さん』を演奏し始める。

「この先制点はでかい！」

酔っぱらいの男性が叫ぶ。その瞬間、穂乃果は急に冷静になり、噛みしめるように両腕を組んだ。

「まあ、ラッキーね。これからこれから」

完全に監督モードに入っているようだ。一方、私はいきなりかよと舌打ちしたいのを抑え、「よし」と心にもないことを口にした。今日だけは巨人に負けてもらわなければいけない。ジャイアンツの神よ、この裏切りを許してくれ。

視界にさっきのカップルが再び入った。ポップコーンを食べる青年が横を向く。その時、私は声を上げそうになってかろうじてとどまった。

――間違いない。

盛り上がる三塁側の中、私だけが一人、急速に熱を失っていく。女性と二人、ポップコーンを食べている青年はやっぱり八神だった。

3

試合はそのまま広島ペースで進んだ。

私は試合に熱中しているふりをしながら、八神の様子をチラチラとたえず観察した。

――なんてこった。

そういえば八神は車の中で、野球がどうのこうのと言っていた。しかしよりによって同じ試合じゃなくてもいいではないか。しかもカープ側で席近いし。

そう、私たちの席と八神の席は、学校の教室の端と端くらいの距離だ。別の席に移動したいところだが、指定席なので動くことは無理だ。八神が試合に飽きて帰ってくれればいいのだが、難しいか。

四回表。広島に二点目が入った。外国人のソロホームランがさく裂したのだ。

「西田さん、やりましたねえ」

穂乃果は興奮を抑えているが、こぶしは固く握られていた。

「まだまだですよ」

彼女のノリに合わせていると、八神と連れの彼女が席を立った。食べ物でも買いに行くのか、階段を上ってこちらにやってくる。これでは顔を見られてしまう。まずい！

私は思わず立ち上がった。

「すみません、西田さん、ちょっとトイレに行ってきます」

「ええ」

試合に熱中しているようで、穂乃果は前を向いたまま応え、不審に思われた様子はない。私は早足でゲートをくぐり、トイレの個室に逃げ込むと、ふうと大きく息を吐き出した。

——さてどうする？

冷静になるよう自分に言い聞かせる。不意打ち的な八神の接近で焦ったが、逃げるように立ち上がったことの方がよっぽどリスクが高かったのではないか。それによく考えてみれば、穂乃果と一緒にいるところを見られてもまずくはない。バレてはいけないのは婚活だ。女性と付き合っていることくらい別にいいではないか。モテる男黒崎、できる男黒崎、黒さんも隅に置けませんね……そうだ。開き直ればいい。逆にこっちから挨拶してやるくらいでちょうどいい。

――いや、待て待て。

自分の着ているカープのユニフォームに視線を落とした。あれだけ偉そうに〝ジャイアンツ愛〟を主張したのだ。このユニフォーム姿を見られては弁解できない。脱ごうにも、悪いことにこのユニフォームの下には薄いシャツしか着ていない。毛むくじゃらの胸毛を見られるわけにはいかないだろう。ワイルドにもほどがある。落ち着け落ち着け。巨人のユニフォームを買いに行ってごまかすというウルトラCもあるが、それでは穂乃果に申し開きができないし、本末転倒だ。同様に試合途中で帰ろうなどとは、口が裂けても言えない。くそ、八神の前でジャイアンツ愛を熱く語りさえしなければ……。恋に悩んでいるだけに鯉《こい》に悩まされるってか、いやいや……。

少し時間を置いてから席に戻ると、八神と彼女はすでに着席していてホッとする。たこ焼きを食べているようだ。こっちの気も知らずにお気楽なこった。

だが八神の席からでは、トイレや売店に向かう時、必然的に私のすぐ近くを通ることになる。察知すればさっきのように逃げ出すことは可能だが、いくら穂乃果が試合に集中しているからと言って、何度もトイレに立つことはできない。「脱出戦法」が使えるのはせいぜいもう一回というところか。

「さてこの回、巨人は上位打線ですから注意しないと」

穂乃果は鉢巻を締め直した。最初はどうなることかと思ったが試合に集中してくれて、感謝絶大である。

「そうですね。気が抜けません」

試合のことは本当にどうでもよくなった。それより八神だ。厄介なことに八神と彼女はいちゃつくことが主目的で、試合など私以上にどうでもいい様子だ。イニングの合間だけでなく、攻撃中にも平気で席を立つかもしれない。今の巨人打線などより、こちらの方がずっと気を抜くことができない。まるで史上最強打線、あるいはビッグレッドマシンだ。

穂乃果の不安が的中したようで、四回裏は巨人がチャンスをつかんだ。ヒットとフォアボール、エラーも絡んで、同点タイムリーが飛び出した。

「うわあ、やられた」

沸きかえる一塁側とは対照的に、三塁側はため息に包まれる。なおも逆転のピンチ。よっし、いけるぞ。このまま一気に逆転してしまえ。私は一瞬浮かれてしまったが、ニヤニヤを強引にねじ伏せて、眉間に険しいしわを寄せた。

「まだ同点よ。ここをしのげば、また流れは来るわ」

「ええ、ここはどうしてもしのぎたいですね」

どちらも熱い口調だったが、穂乃果とは違って、私のしのぐとは八神から逃げきることを意味していた。その直後、打球がサードを襲った。しかし難なくさばいてアウト。巨人の攻撃は同点で止まった。

「ようし、これから、これから」

三塁側応援席ではメガホンが叩かれ、気勢が上がる。五回はどちらもあっけなく三者凡退。五回終了時のアトラクションが始まった。

「ふう……」

熱戦に声も嗄《か》れるであろう、穂乃果は売り子にビールを注文した。私もチラチラと八神に視線をやりながら、可愛い売り子から同じようにビールをついでもらう。

「だからあ、ヘルメットのアイスが売ってたんだって」

「マジ？　超気になるな」

ビールのコップを穂乃果に持ってもらい、金を払っていた時、チャラい会話が飛び込んできた。八神が階段を上り始めていた。まずい。一瞬だったが完全にノーマークになっていた。今度こそ気づかれてしまう。

くそ、どうすればいい？　穂乃果が手にしたビールの紙コップを見つめながら、必死で考えた。猶予はもうない。だが脳裏にふっとひらめくものがあった。

――こうなったら、奥の手だ。

穂乃果が横を向いた時、私はビールを勢いよく飲むふりをして口元へぶちまけた。

「あ、しまった！」

声を上げると、穂乃果が気づいた。ありがたいことに、すぐにカープタオルが差し出される。

「これで拭いてください」

「すみません」

私はタオルを手に取ると、顔を拭いた。

タオルの隙間から様子を窺う。八神の姿はもうなかった。ふう……大丈夫だ。バレていない。

――赤坂に救われたな。

顔を隠したいと思ったら瞬時に、交番でタオルを頭からかぶっていた赤坂の姿が頭に浮かんだのだ。

「いや、すみませんでした。タオルは洗ってお返しします」

一息ついた私は穂乃果に声をかけた。不審に思われた様子はない。よし。

「西田さんは本当にカープが好きなんですね」

穂乃果は笑った。

「自分でもどうしてここまで入れ込んじゃうのかなあって思うんです。お給料も観戦費用やグッズであらかた飛んじゃって」

「そんなにかかりますか」

「だってマツダスタジアムまで遠征しないといけないから」

夢中になれるものがあるのはうらやましいが、何が彼女をここまで引きつけるのだろう。ふと疑問に思った。

「西田さんはどうしてカープがそんなに好きなんですか」

問いかけると、少し間があいた。

「実家が貧しかったせいかな」

「そうなんですか」

とりあえず返したものの、意味が全くつながらない。

「ええ、ウチの両親は三鷹《みたか》で小さな自動車部品工場を営んでいたんです。取引先からはいい製品を作っているって言われていました。でも自転車操業っていうんですか。必死で頑張っていたんですけど、資金がなくて……従業員も引き抜かれて倒産してしまいました」

なるほど。穂乃果の言いたいことが何となくわかった。カープは市民球団だ。樽《たる》募金などもあって貧しい中で球団を経営していた。せっかく選手を育てても、ＦＡなどで出て行くことが多かった。そういう状況と重なっていたのか。

「頑張ったら報われる……そう信じたいのかもしれません。後はもう一つだけ、今となってはつらいことなんですけど」

「つらいこと？」

問いかけに穂乃果は、顔の前で手を細かくばたつかせた。

「あ、気にしないでください。言うほど大したことじゃありません。色々あってはまっちゃって。さあて！　応援頑張るぞっと」

笑顔が弾けた。いい顔だ。さすがにここまで入れ込むのはどうかと思うが、私はさっさとふたをする。自分の気持ちに素直でいいじゃないか。いいお嫁さんになりそうな気がした。

ジャビットやスライリーによるアトラクションが終わり、六回表の攻撃になった。タオルという心強い味方を得て、少し心に余裕が出た。八神が戻って来たのを敏感に察知し、カープタオルで赤坂式にやり過ごす。これなら最後まで何とかなりそうだ。

それからは巨人がチャンスを作り、広島が何とか耐えてしのぐという展開になった。その回も巨人はチャンスを作ったが、ダブルプレーで無得点に終わった。

「よっしゃあ、この回の零点は大きい！」

酔っぱらいが叫びながら、階段を上って行った。

「ふう、なんとか切り抜けましたね」

私は内心、拙攻もいい加減にしろよと思いながら穂乃果に声をかけた。穂乃果は額に汗を浮かべている。

「ひやひやするのも疲れますね」

「え？　ええ。でも楽しいです。野球を見始めた頃は、とにかく攻めて点を取って逆転して……ってのが好きだったんですけど、今はむしろ守り切ることに快感を覚えちゃって。しのぎマニアかなあ」

しのぎマニアか。今まさに私もしのぎまくっていることを彼女は知るまい。

七回表が始まる。先頭の外国人選手がヒットで出塁、次の打者がツーベースを放って、カープが無死二、三塁というまたとないチャンスを迎えた。

「ようし、いいぞ、いいぞ」

「この回で突き放せよ」

まずいと思ったが、直後の打者が倒れ、さらに後続がダブルプレーに倒れ、結局、カープは零点に終わった。

「あちゃあ、このチャンスをつぶすか」

「嘘だろ、やってられんなあ」

三塁側観客席はため息に包まれた。

「西田さん、残念でしたね」

言葉とは裏腹に私はグッジョブと心の中で親指を突き立てた。穂乃果は無言で悔しさを噛み殺している様子だ。おっと、機嫌が悪そうだ。私はそれ以上、声をかけるのを控えた。

その時、八神が立ち上がるのを私の目がとらえた。来るなら来い。タオルでしのいでやると思ったが、今までと違って二人は荷物を手にしている。

「試合が終わると混み合うだろうし、延長になると遅くなっちゃうから、もう行くか」

「そうだね。楽しかったあ」

そんなふうに見てとれたが、このまま帰るとはアホの極みだ。同点で帰るなんて何を見に来たのかとあきれるが、自分にとってはありがたい。だが油断するな。ここでバレてしまってはこれまでの努力が無駄になる。私は再びタオルを頭からかぶって、八神たちをやり過ごす。近くに来た時、会話がはっきり聞こえた。

「また来ようよ」

「そうだな」

いや来なくていいよと心の中で突っ込む。二人は手をつないで消えていった。

――勝った。

勝利の感覚があった。今日は巨人が負けても、敗北感は薄いだろう。

八回の表、カープの攻撃は三者凡退で終わり、その裏の巨人の攻撃もすでにツーアウトになった。

「黒崎さん、ちょっとトイレに」

「ええ、わかりました」

トイレが混む前にということか、穂乃果は席を外した。この婚活の行方はどうなるだろう。さっきの拙攻の時、穂乃果はかなり機嫌が悪そうだったが、負けてしまえばどうなってしまうのだろうか。

歓声が起こった。フォアボールの直後、左打者が引っぱった打球にセカンドが飛びつくが取れなかった。打球が抜けていく。悲鳴にも似た声があちこちで聞こえた。コーチの手がぐるぐる回り、ランナーが三塁ベースを蹴った。ホームに突っ込んでいく。バックホームが返ってくるが大きくそれた。ランナーが勝ち越しのホームインでハイタッチをした。

「げえ！　嘘だろ」

三塁側では落胆の声が上がった。

「よっしゃ！」

私は思わず、小さく、ほんの小さくではあるがガッツポーズをした。八回裏の勝ち越しは勝利に直結する。婚活的には巨人に負けてもらった方がいいのだが、ファンとして思わず出てしまった反応だった。

「ふざけんな！　何でなんだ！」

ずっと目立っていた無精ヒゲの酔っぱらいは、階段に仰向けに寝転がった。駄々っ子のようにじたばたしている。警備員がやって来て、連れていかれるようだ。私はほくそ笑みながら、酔っぱらいの行方を目で追ったが、後ろを向いた時に青ざめた。

――嘘……だろ。

すぐそこには穂乃果が立っていた。冷たい目でじっとこちらを見つめている。トイレに立ったばかりだというのに、もう戻って来たのか。まずい……よっしゃ！　と叫んでガッツポーズをしたのを見られた。

穂乃果はしばらく無言だった。

私は冷静になれと自分に言い聞かした。まだガッツポーズを見られたと決まったわけではない。逆転されてショックを受けているだけかもしれないではないか。私はすがるような思いで声を発した。

「西田さん、まだわかりませんよ。カープの九回の攻撃がありますから。巨人だってリリーフは万全じゃ……」

「黒崎さん」

断ち切るような一言だった。作り笑顔が凍った。

「はい？」

「ごめんなさい。せっかくですが、交際はお断りさせてください」

静かではあるが、重い一言だった。

「ごめんなさい」

怒りをこらえているようで、穂乃果の手は小刻みに震えている。私は一言も返すことができなかった。すべてが崩壊していく。カープの勝利と共に、私の勝利も消えていく。勝ち越した一塁側応援席の歓声が、隣町の花火のように遠く聞こえた。

4

東京ドームでの観戦の翌日、私は尾行の仕事を終えて、ハンドルを握っていた。

「そんでね、黒さん」

助手席の八神は、東京ドーム観戦についてまくし立てた。

「それで俺たちが帰った直後に、巨人が勝ち越したんですよ。もうちょっといればよかったなあ」

今となってはどうでもよく思えるが、私が近くにいたことは結局気づかれなかった。

「けどカープ女子って、なんであんなに可愛く見えるんですかねえ」

答える気力がなかった。西田穂乃果との交際は、早くもペナントレースから脱落した。私は巨人勝利というささやかな喜びと引き換えに、またとないチャンスを手放してしまった。

「それじゃあ黒さん、俺、帰ります」

「ああ、またな」

午後六時前。神楽坂《かぐらざか》で八神を降ろし、事務所に直帰の連絡をして、私は車を相談所に向けた。

考えてみると、あのままでは苦しかったことも事実だ。巨人ファンであることをずっと隠していくことはもちろん、穂乃果はやはり極端すぎる。あそこまでカープ一色では付き合いきれない。私に応じてくれる女性は何らかの訳ありばかりなのか。まあ、考えていても仕方ない。私はしょせん、不器用な男だ。巨人ファンであることを偽り、この心を赤くぬりつぶすことができなかった。それだけだと思っておこう。

やがて相談所のあるビルに着いた。

五階に上がり、チャイムを鳴らした。すぐにまどかがやって来る。私の心を浮き立たせるに十分だ。

「黒崎さん、今回は残念でした」

まどかが発したのは、予想したとおりの言葉だ。交際をやめる時は相談所を通して伝えるのがルールなのだが、既に面と向かって断られたのだから、驚きなどはない。

「西田さん、謝っていましたよ」

私は小さくえっとこぼした。

「彼女が謝っていた？」

「ええ、仲人さんが言うには、もう相談所も辞めてしまったそうです。以前交際していた男性が忘れられないんですって」

私は瞬きを繰り返した。話が見えてこない。

「西田さんが昔付き合っていた男性というのが、筋金入りの広島ファン。でもリストラされ、もう俺のことは忘れろと彼女は強引に振られて。西田さんが婚活を始めたのは、その別れた男性のことを忘れるためなんですって」

私は仰天した。わ、私のガッツポーズは……。

「城戸さん、ち、ちょっと待ってください。それじゃあ巨人ファンであるのがバレて断られたんじゃないんですか」

「黒崎さんと一緒に東京ドームに行った時、西田さんはその元彼を偶然、目撃したそうです。飲んだくれみたいになっていたんですって。で、西田さんはかつてエリートだった彼の無様な格好を見てショックを受けた。この人は本当に情けない。もうボロボロだ。でも同時に思ったらしいんです。だからこそ傍にいてあげなくちゃいけないんじゃないかって。たまたま会うなんてそんな偶然、あるんですねぇ……」

「あ……」

記憶が一人の人物を捕まえた。それは三塁側で叫んでいた汚い無精ヒゲの酔っぱらいだ。そういえば私がガッツポーズをしたのを穂乃果に見られた……と思った時、あの男は警備員に連れていかれるところだった。もう一つ思いあたることがある。穂乃果は最初は興奮しながら応援していたのに、急に静かになった。思えばあの時も酔っぱらいが叫んでいた。きっとあの時、穂乃果は彼に気づいたのだ。

「西田さんは涙ながらに言っていたそうです。黒崎さんは素敵な方だった。こんな私のために広島ファンを演じてくれて。何とか私との関係を続けようと頑張っていた。そんな態度に心打たれた。でもどうしても、だらしないあの人を放っておけない自分に気がついたって」

私はしばらく、言葉を失っていた。そうだったのか。おかしな子だと思っていたが、穂乃果は全てを悟りながら、私を受け入れてくれていた。それでもなお、あの情けない酔っぱらいが忘れられないのだ。私にくれたチケットも本来、その男と一緒に行くために手に入れたものらしい。だけど、だけど、精一杯努力した自分より、だらしない男を選ぶとは……。

「そうでしたか」

「ええ、また頑張りましょう、黒崎さん」

「ですね」

私は相談所を後にした。予定を変更して事務所に向かう途中、穂乃果のことを思い出す。

――いい子だったんだな。

断られてこんなことを思うのはおかしいが、まどかにはっきり事実を告げられて、時間とともに不思議と悔しさは遠のいた。穂乃果の一途さに少しだけ救われた気分だ。もっとも破局したことは事実で、また光明は閉ざされてしまった。

私に残された任務は、ロッカーに入れ忘れていたおしゃれ中年変身アイテムを回収することだった。まるで敗戦処理投手のような心境だ。所長の姿は見えず、遅い時間にもかかわらず安田だけが仕事をしていた。ブツを取り出して無言で事務所を出て行こうとした際、背後から声がかかった。

「落ち込まないで」

安田だった。私は足を止めて振り返った。

「いつか、いいことあるわ」

「え、はあ」

「秘密は厳守、探偵ですものね」

探偵……？　どういう意味だ。そう問いかけたいのを必死でこらえた。彼女とは仕事上の会話しか交わしたことがない。それなのにまるで自分の心をすべて見透かされているような……。

——何だ？　今のは……。

事務所の階段をゆっくり降りながら考える。ひょっとして、おしゃれ中年変身アイテムに気づかれたのか。いや、厳重に鍵をしていたし、仮に気づかれても婚活に結びつけられることはまずあるまい。だがさっきの安田の言い回しは、こちらが婚活に失敗したのに気づいて励ましたように思える。

ビルを出ようとした時、声がかかった。

「よう、ご苦労さんだったな」

駐車場の方を向くと、風見が手を上げた。ようやく旅行から帰って来たらしい。私はとっさに変身アイテムの入った紙袋を隠そうと思ったが、逆に怪しまれそうなのでやめた。

「安田さんから聞いたぞ。いやあ、いい話だなあ」

風見が言うには、さっきまで淡口少年が事務所に来ていたらしい。

「じゃああの少年、赤坂さんに会えたんですか」

「赤坂？　あいつは関係ねえぞ」

話が噛み合わなかった。

「お前、勘違いしてるぞ。赤坂真一は確かにここの探偵だった。けど例の事件、解決したのはあいつじゃねえんだわ」

「え……」

だったら誰が……。

「所長が解決したんですか」

「違う違う。安田さんだ」

私はあんぐりと口を開けたまま、しばらく声を失っていた。

「安田って事務員の？」

「他に誰がいるんだ？　あの人は黒崎、お前さんが来るまで、この探偵事務所のバリバリのエースだったんだぞ。とんでもない名探偵だ。今でこそお前を立てて事務仕事に専念しているが、お前が来る前は探偵業から事務まで一人でこなしていたんだ。あのガキも探偵が安田さんだって聞いてびっくりしてたけどな」

「そう……なんですか」

意外過ぎて言葉がうまく出てこない。だが赤坂のことを教えてくれた時、例の事件は自分が解決したと言ってくれればよかったではないか。

「あの人は問われたこと以外、答えないからな。自分の手柄をひけらかすことも嫌がるし。それより黒崎、お前、何か隠し事しているのか」

「え？」

「安田さん、何かのレシートを見つめながらほくそ笑んでいたぞ。お前の態度と、チョイスがプロっぽくてバレバレだとか」

一瞬で血の気が引いた。

「なにが？　って訊いても秘密って言って教えてくれなかった。アハハ、なんのこっちゃって感じだったわ。まあ、どうでもいいことなんだろうがよ。お前、隠し事しても、あの名探偵にはすぐばれちまうぞ」

がっはっはと笑いながら、風見は事務所に入って行った。

私は放心状態のまま、しばらく立ち尽くしていた。東京ドームに行く直前、私は焦るあまり、洋服の値札やレシートをそのまま、ごみ箱に捨ててしまった。レシートには買った店とグッズの内容が記載されている。それだけでは婚活には結びつくはずもないが、チョイスがプロっぽくてバレバレと言っていたというのが気になる。普通に考えれば、洋服店のプロということだろうが、あの励ますような言葉……。何ということだ。絶対に知られてはいけないと思っていた婚活は安田に知られてしまったのか。

電車に乗ってしばらくすると、ようやく落ち着いて来た。安田は確かに言っていた。秘密は厳守だと。八神や風見に知られなければそれでいいじゃないか。安田の胸にとどめておいてくれれば……。

私はとりあえず安田のことは忘れて、穂乃果のことを思い出す。私が思っても詮《せん》ないことだが、幸せになって欲しいものだ。あんな男を支えるのでは苦労するだろう。それでも彼女は自分の思いに正直な道を選んだ。心から愛する人に巡り合えるのは、うらやましいことだ。私はこの前、八神に偉そうに言った。一度好きになったら、ただ黙って愛し続けることしかできない、と。貫いた思いはきっと届く。そう信じたいものだ。

――いつか、いいことあるわ。

安田はそうも言っていた。いっそ、婚活について相談してみようか。いやいや万が一、安田が気づいていなかったらどうする？　藪蛇《やぶへび》だ。私は車内で首を大きく左右に振った。

第４話　仮面の女

1

どうも最近、運に見放されている。

タバコに火をつけると、私は出てきたビルを振り返った。視線の先にあったのは吉祥寺《きちじょうじ》駅近くにある『御木本《みきもと》クリニック』という有名な美容整形外科の看板だ。

ポケットから一枚の写真を取り出す。写っている女性は小顔で目のぱっちりしたかなりの美人。早坂愛海《はやさかえみ》という日本語、英語、フランス語と三ヶ国語を操る才媛だ。とある大会社社長から息子の婚約者を調べてくれと依頼があり、私はこの早坂愛海について調べ回っている。

彼女の実家近くで過去を洗っているうちに整形疑惑が浮上した。『御木本クリニック』に通っていたことを突き止め、関係者から情報を得ようとした。何回か足を運んだが個人情報管理が徹底されていて、証拠をつかむことはできなかった。

タバコを地面に放り投げる。踏み消そうとしたが、小うるさそうな中年女性の視線が刺さった。仕方なく拾って、コンビニの吸い殻入れまで持っていく。

――くそ、やっぱりついてないな。

憂さを晴らすように、私は新宿西口にある行きつけのバー『レッド・ベリル』に足を向けた。

いつものように適度に客がいて、女性バーテンダーの倉野梓紗がシェイカーを振っている。私はお決まりの端の席に腰を下ろしてワイルドターキーを注文した。

今日は久しぶりに一人でゆっくりと飲める。考え事をするにはちょうどいい。私は自分のツキのなさについて、しばらく振り返った。これといって大きな失敗はないのだが、私生活から仕事まで最近どうも歯車がかみ合っていない気がする。まあ、朝の来ない夜はない。そう思い込むしかなさそうだ。

「何かお悩み?」

梓紗がスモークチーズを差し出した。

「運がなくてね」

早坂愛海の件は正直、それほど悩んではいない。他にも打つ手はあるのだ。問題は別のところにあった。

「黒崎さん、いいですか」

梓紗は私の手を取った。ドキリとして思わず息をのむ。

「金運も健康運もいいみたいだけどなあ」

手相を観られるとは知らなかった。こうして客の手をよく握っているのだろうか。誰でもというわけではなく、私だけ特別に心を許してくれたからだと思いたいものだ。

「あっ、恋愛運はいまいちかな」

図星だったが、私は口元に余裕の笑みを浮かべた。

「なんてね。あんまり気にしないで。本当はよくわかんないんです」

こちらの恋愛事情を詮索《せんさく》することなく切り上げてくれたので、私はほっと胸をなでおろした。

悩んでいるのはそう、もちろん婚活のことだ。季節は春から夏に変わりつつあるのに最近は申し込んでも受けてくれる女性がいない。見合い自体が成立せず、なんと四十五人連続で断られているのだ。

窓ガラスに映ったむさくるしい中年の顔を見つめながら思う。私も整形してイケメン、いやせめて優しい顔になったらモテるのだろうか。

「いらっしゃいませ」

眼鏡をかけた中年男が扉を開けて入ってきて、隣の席に腰かけた。彼は梓紗が他の客と話しこんでいるのを確認してから、口を開く。

「黒崎さん、どうですか？　調子は」

弁護士の二階堂光彦だった。婚約者がアダルトビデオに出演していたことが原因で破談になった不幸な男で、婚活について話せる数少ない知人だ。それからこのバーではひっそりと婚活中年による作戦会議が何度か行われている。

「ダメだね。あんたはどうだ？」

「ぼちぼちです」

奇遇にも二階堂は私と同じ相談所に入っていた。年齢も私と同じだ。だが彼には毎月、多くの女性から申し込みがあるのだそうだ。高スペックな有名弁護士だけのことはある。

「母が気に入らない子が多くて困っちゃうんですよ」

マザコンを卒業すればうまくいくだろうと思うのだが、その言葉は飲み込んだ。まあ、それだけ選択肢があるというのは、うらやましい限りだ。

「ところで黒崎さん、婚活パーティーに出てみてはどうですか」

「パーティー？」

「僕も最初は抵抗があったんですが、やってみると案外、効率がいいんですよ。この前もうまくいきましてね。付き合い始めました。でも母が見た目が派手だとかうるさくて」

「ううん……それはどうもな。大人数の場は苦手なんだ」

実はアドバイザーの城戸まどかにもパーティーへの参加を勧められている。だがとても無理だ。探偵であることをパーティーで大っぴらに話すのはどうかと思うし、サクラや遊び感覚で参加する者も多くいると聞く。下手をすれば、八神などが遊び感覚で参加していても不思議ではない。何せ球場でばったり遭遇したりする引きの強さなのだ。どこかの少年名探偵かよと突っ込みたくなる。婚活パーティーで知り合いに会えば一発でアウトだ。私はそのことを口にした。

「気持ちはよくわかります。でも『縁 Enishi』のパーティー参加者はどこかの相談所に登録している人ばかりですから、サクラやおかしな人は入り込めませんよ。仲人さんにお願いすれば参加者の中に知り合いがいないかも確認してもらえるはずです」

二階堂はスマホに写真を表示した。パーティーで知り合い、交際中の女性らしい。美人ではあるが、茶髪でネイルアートがキラキラしていて、今時の娘という感じで私は好きではない。二階堂の母親の気持ちも理解できた。

梓紗がカウンターで客と話をしながらこちらを見た。おっと、婚活中年の作戦会議は迅速に撤収が基本だ。すぐに仕事の会話に切り替える。それからしばらく話して別れた。

アパートに戻った私は、ベッドに仰向けになった。

来月で四十二歳になる。晩婚化というが、少し前なら大きい子供がいてもおかしくない年齢だ。結婚しない人生もありだが、私はしたいのだ。

横向きになると、本棚のアルバムが目に入った。ウィンドミル探偵事務所に入ってから、風見が社員旅行だ花見だとイベント好きで毎回写真をくれる。捨てることもできずにどんどんたまっていくので仕方なくまとめてあるのだ。

私は手に取ってながめる。プライベートの写真など皆無だ。結婚して家族の写真が増えていったらどんなにいいだろう。

今まではいいことがなかったが、諦めてはいけない。人生の伴侶《はんりょ》を得て、二人で思い出を刻み込みたい。いつまでも一人というのは辛すぎる。

バーで二階堂が言っていたことが、ふっと頭に浮かんだ。

「……パーティーか」

スマホで『縁 Enishi』のホームページを表示する。婚活パーティーの案内がいくつも出ていた。少し迷ったが、まずは相談だ。そう思い、城戸まどかに電話をかけた。

「会員の黒崎です。パーティーについてお訊《たず》ねしたいんですが」

「ちょうどよかった」

スマホの向こうで、まどかは少し興奮気味だった。

「実は一人、欠員が出ちゃって、困ってたところなんです。急なんですが、明日の土曜日、参加できませんか」

「えっ……待ってください。心の準備が……」

「婚活パーティーに準備なんていりませんよ。スーツとネクタイがあれば十分。お金は後払いでもいいですし。黒崎さん、そうやって縁を見過ごしていっていいんですか」

「それは……」

見合いが成立しない今、確かにこのままではラチがあかない。虚しく歳を重ねるだけだと思い、渋々パーティー参加を決めた。

翌日、日比谷《ひびや》公園上空は秋晴れだった。

参加することになった婚活パーティーはこの近くにある一流ホテル十三階で行われる。パーティーではどう動けばいいのか、さっぱりわからず、緊張が解けない。

会場に着き、受付の女性に黒崎ですと名乗った。

「ではこちらへどうぞ」

男性用控室に案内される。すでにスーツ姿の男性が集まっていた。見たところ、年齢層は三十代半ばから四十代半ばくらいか。

「これにご記入ください」

15と番号の書かれた名札と自己紹介カードを手渡される。職業や年収、趣味・特技、デートで行ってみたい場所などを書き込むらしい。私は椅子に座ってボールペンを手にするが、いきなり職業欄で止まった。

――く……なんて書けばいいんだ。

探偵と書くのは気恥ずかしい。元刑事でも「じゃあ今は?」となるだろうし、困った
末に情報業と書き込んだ。

「それではみなさん、こちらへ」

係の女性に誘導されて、会場に入った。

二つの長いテーブルの片方に、女性たちが座っていた。男性陣はその反対側の自分の番号の席に腰かける。私も15番の席に座った。

向かい側には同じ15番の名札を付けた女性が座っている。かなりたれ目で、体つきはふくよかだ。

「皆さま、本日はようこそおいでくださいました。都内結婚相談所合同の婚活パーティーを始めたいと思います」

司会の女性が説明を開始する。まずそれぞれ向かい側の相手と自己紹介カードを交換し、三分以内で話をするらしい。

「この鈴が鳴ったらタイムアップです。女性は座ったまま、男性だけが左に席を替わっていってください」

三分で合計二十人、一時間で全員と話をするらしい。

「全員とお話しした後はフリータイムとなります。気に入った方のところに出向いて、終了時間までゆっくり話をしてください」

説明を聞きながら、右隣の禿《は》げた男性のプロフィールをチラ見した。大手商社勤務で年収一千万となっている。左隣のキン肉マンのような鼻をした男性は、文科省勤務のエリートらしい。

「ではスタートです」

私とふくよかな女性は自己紹介カードを交換した。

「あ、よろしくおねがいします」

「こちらこそ」

まずは互いに相手の情報を簡単にチェックする。女性はアパレルメーカーに勤務していて、食べ歩きが趣味らしい。行ってみたいところの欄には、お菓子の城と書かれていた。あまり食べない方がよろしいのでは、と突っ込みたくなるのを必死で抑えた。

「あの……」

最初に口を開いたのは女性の方だ。

「情報業って何ですか」

「いや、それは何と言いますか……」

仕事柄、探偵だと告げることに抵抗があった。しかし黙り込んでいると、女性の訝しげな視線が突き刺さる。隠していては話が進まない。

「恥ずかしながら、探偵です」

「え？　探偵さん……」

興味をもった顔に見えた。

「すごい。どんな仕事をされるんですか」

「まあ、浮気調査が主ですが」

「尾行とかバレたらダメだし、ずっと張り付いていないといけないから大変なんでしょ？」

「まあ仕事ですので」

やがて鈴の音が鳴った。

「はい、そこまでです」

慌てて話を打ち切り、ありがとうございます、と頭を下げた。三分とは何て短いんだ。仕事の説明だけで終わってしまった。自己紹介カードを戻してもらい、左隣の席に移動する。今度は対照的に、痩《や》せた面長な女性だった。

「探偵さん……なんですか」

「恥ずかしながら」

二番目の女性も、驚いて興味をもってくれたようだ。

「具体的にどんな仕事をするんですか」

「浮気調査が多いですね」

また同じ展開だ。最初は探偵に興味をもつものの、すぐに潮が引いていく。なぜなのだろう。浮気調査は仕事としてかっこ悪いのだろうか。三番目の女性も四番目の女性も、トレースしたような反応だった。ちらりと横を盗み見る。

「読書がお好きなんですね。実は私もです。ちなみに愛読書はジョン・スチュアート・ミルの『自由論』です」

「も、文科省っていっても、結局は民間と同じなんです。はい」

両隣の男性はそれほどうまく話せているとは思えないのだが、女性たちの反応は私の時とはまるで違う。私の話がまずいのか、外見がダメなのだろうか。こなきジジイのような重い何かが、背中にへばりついているようで、途中からはあきらめムードになっていた。

「はい、終了です」

やがて拷問のような一時間が終わった。いつの間にか大汗をかいている。あろうことか、解放感があった。

フリータイムになり、誰もが意中の相手に声をかけに行く。みな積極的だ。一方で誰かを気に入る余裕もなかった私は壁際でぽつんと突っ立っているだけだ。滝行を終え、悟りの境地に入っている。

――そうか……運が悪いわけじゃなかったんだ。

今さらのように気づいた。見合いが成立しないのは運などではなく、私のスペックが他の会員より低いからだ。探偵という職業は珍しさで興味を引くが、収入面で不安定なイメージが強く、受けが良くないのかもしれない。女性たちはパーティー後、本物の探偵が来ていたと話のネタにしているかもしれないが、決して結婚対象としては見ていない。私は個人情報をさらしただけ。哀れな道化だ。

一方、両隣にいた男性は決して容姿的に優れているわけではなかったし、話もそれほどうまくないように思えた。それでも明らかに女性の反応が私の時よりも良かった。努力では埋められない差がここにある。男性の婚活では結局、収入がどれだけあるか、安定しているかというスペックがものをいうのだ。

――女性も同じだな。

二十人の中にひときわ目を惹《ひ》く女性がいた。細身で色白、目がぱっちりしていて、女優のように綺麗だ。彼女は大人気のようで、順番待ちの列ができている。一方でそれ以外の女性には綺麗な女性との会話を終えた男性が滑り止め感覚で話しかけている様子だ。15番のふくよかな女性は誰にも話しかけられず、割り切ったようにケーキを平らげていた。

「はい、フリータイム終了です」

私は結局、誰にも声をかけなかった。

「それではまた会いたいな、と思う相手を三人まで書き込んでください。希望が一致しましたら交際スタートです。結果は一両日中にご連絡します」

自己紹介カードの一番下に、交際希望女性の番号を書き込む欄がある。私は目についた名札の番号を三つ適当に記入すると、足早に会場を後にした。

――やっぱり来なければよかった。

あまりにも厳しい現実を突き付けられた気がする。私に結婚は無理なのだろうか。どうにも泣きたい気分だった。

つらいことがあっても、男なら弱みを見せてはいけない。

パーティーの翌日、仕事先は三鷹《みたか》だった。閑静な住宅地にある小さな公園で、約束した女性を待つ。十五分ほどして、ベージュのカーディガンを着た女性がこちらに向かって来た。

――やっとか。

私はタバコをもみ消す。女性は私の前で立ち止まった。

「お待たせしたかしら」

「いえ……」

女性は辺りを見渡すと、封筒を差し出した。

「これです」

女性は駆け足で来た道を戻っていった。

「どうでした？」

車に戻ると、今日も茶髪にサングラスを載せた八神旬が訊いてきた。私は答える代わりに封筒を無造作に放り投げる。八神は中から一枚の写真を取り出した。

「やっぱ黒さんの言うとおりかあ」

八神は写真をペチンと中指で弾いた。

「まさか整形とは思わなかったっすねえ。全く別人じゃないっすか」

写っていたのは、えらの張った吊り目の女性だった。実物と見比べれば、明らかに別人であることが誰にでもわかる。早坂愛海はここ三鷹出身。先ほどの女性は、早坂愛海の高校時代の知人だ。

「よく気づきましたね」

私はタバコの煙を吐き出すと、まあな、と窓の外を見つめた。

早坂愛海を昔から知る人は、彼女の性格や学業についてさかんに褒めていた。だが容姿については皆、一言も触れなかった。誰もが認める美人なのに、だ。これは裏に何かある。そう思ったのだ。

「さすが黒さんだ。でもこれってどうなるんすかね？　結婚詐欺ってのとも違うし」

「それは先方の判断だ」

「そうっすね」

これで破談になるにせよ、ならないにせよ、こちらは頼まれた仕事をこなしたに過ぎない。ただどことなく、苦いものを感じた。

新宿のウィンドミル探偵事務所まで戻った時には、日が暮れていた。

「黒さん、コーヒー買ってきます」

「ああ、ブラックで」

「わかってますよ」

今日はまだこれからデスクワークがある。仕事はうまくいったが、心はまるで晴れない。昨日のパーティーのことをまた考えてしまう。頑張っているつもりだが、探偵は固い職業とは思われないようだ。刑事をやめなければよかったのか……後悔に襲われかかった時に、スマホに着信があった。まどかからだ。安田の視線を気にしつつ、トイレに逃げ込んだ。

「はい、黒崎……」

まどかはいつになく大声を上げた。

「すごいことになりましたよ！」

例のパーティーで、私が番号を書いた三人のうち、ひとりの女性と希望が一致して交際成立したのだという。

「えっ、誰ですか」

「第一希望の若松《わかまつ》沙雪《さゆき》さんです」

名前を言われてもわからない。パーティーでは自己紹介カードにも姓名の記載がなく、番号だけだったからだ。

「すごいですよ。男性陣二十名全員が第一希望にした人ですから」

「え？　全員？」

言われて思い出した。一人だけずば抜けて綺麗だったあの女性を。だが正直、彼女が私に興味をもったとはまったく信じられなかった。一対一で話した時はどうせ自分なんてといういじけモードになっていて覚えていないし、フリータイムでもひと言も話していない。高スペックな男性が多いようだったのに、どうしてなのだろう。彼女は何故こんな下賤《げせん》の者にお声かけくださったのか。謎が多すぎる。

「おめでとうございます」

「あ、ありがとごぜえます」

動揺して年貢を免除された農民のような返事になった。咳払いでごまかす。スマホの向こうから笑い声が聞こえた。

　ともあれ久しぶりに交際が始まる。しかも一番人気のとびきりの美人。心が揺さぶられている。低空飛行を続けていた運がついに底を打って、反転上昇に転じたのだろうか。ようやく実感が湧いて来て、トイレでウホホーイと昇龍拳のようなガッツポーズをした。

2

　週末、私は赤坂《あかさか》にある懐石料理店の入口にいた。

　盗み見た風見の極秘ノートを参考に、隠れ家的な店を予約したのはいいのだが、約束の時間より三十分以上も早く着いてしまった。若松沙雪についてわかっているのは、二十七歳の事務員で、ずば抜けた美人だということだけだ。

　約束の時間の五分前に沙雪は姿を現した。

「こんにちは」

「ええ、よろしくお願いします」

　デート中は金を惜しまず使うように、とのアドバイスに従いコースを注文すると、私は勇気を出して正面から彼女の顔を見据えた。沙雪という名前の通り、抜けるように色が白く、文句のつけようのない美人を前に、私はしばし言葉を失う。

「パーティーでは緊張して、ちゃんと話せませんでした。私、ああいう場は苦手で」

「僕もです」

大きな瞳に見つめられ、私は思わず視線を逸《そ》らす。ハードボイルドどころか、人見知り君だなと我ながら思った。

女性と話すことにはずいぶん慣れてきたが、相手がここまで美人だと以前のように緊張してしまう。とりあえずあたりさわりない質問から切り出そう。

「確かお仕事は医療事務でしたよね」

「はい。吉祥寺にある病院で働いています」

私は新宿にある探偵事務所に所属していると明かした。それにしてもどうして自分のような魅力のない、ひと回り以上も年上の男を選んだのか。そう問いたかったが、それはNGだ。多少の自虐はいいが、ネガティブ発言は一番嫌われるとまどかから釘を刺されている。

「私、子供のころからドラマや漫画で見る探偵にあこがれていました。自分の中にハードボイルドっぽい勝手なイメージがあって。黒崎さんって私がイメージする探偵そのものなんですよ」

こちらの心中を察したような答えだった。

「イメージ……そうなんですか」

「ええ、おかしいかな」

笑顔に吸い込まれそうになった。

「いえ、ただずっと探偵をやっていたわけではないんですよ。まだ探偵になって二年ほどです。それまでは刑事でした」

「元刑事さん？　すごい。ますます恰好いい」

輝く瞳に思わず顔が赤くなる。

普通のお見合いなら、プロフィールから入る。だが今回はパーティーで知り合ったので、互いに未知の部分が多くて新鮮だ。

やがて先付が運ばれてきた。

「うわ、おいしそう」

鱧《はも》の琥珀《こはく》寄せに手を伸ばす。さすがに風見オススメの店だけあって、味もサービスも素晴らしい。だがそれよりも沙雪との会話に手ごたえを感じる。

「今は小金井に一人暮らしなんですけど、実家は世田谷区です」

私は基本的に聞き役に回った。

「実家は栗の木坂殺人事件があった近くです。赤い三角屋根で……」

苦笑いで応じた。私が刑事だったからか、知っていて当たり前のような口ぶりだ。そんな事件は聞いたことがない。訊くかどうか迷ったが、恥ずかしながらと前置きして栗の木坂殺人事件について訊ねると、沙雪は大笑いした。

「フィクションですよ。『踊る大捜査線』に出てきてロケをやっていたんです。刑事もののドラマや漫画が大好きで、自分でも描いちゃったりするんです。少女漫画雑誌に応募したこともあるくらいで」

「才能豊かなんですね」

「そういうわけじゃないですよ。美大も受験したのに落ちましたし。自分のできないことにあえてチャレンジしたくなるだけで失敗ばかりなんです。だから夢を追って、ちゃんとそれを職業にできる人って、尊敬しちゃうんです」

落ち着いて話すと、沙雪は案外に面白い女性だった。先入観で美人は人間的な面白みがないと思い込んでいた。元刑事が聞いて呆《あき》れる。私も乗せられて自分が刑事になった動機について話す。刑事ドラマの影響という陳腐なものなので、あまり人には話してこなかったが、案の定、沙雪は身を乗り出していた。

「へえ、ドラマの影響ですか。何か黒崎さん、私と似ているかも」

私はいやいやと苦笑いで応じた。

「古臭い人間ですよ。LINEも婚活を始めてからやり出したくらいです。今もよくわかっていませんし」

「やっぱり似てる！　私もです。しぶとく使っていたガラケーが壊れてしまって、ようやくスマホに変えたばかりなんですよ。本当は電話とメールさえできたら十分なのに」

「僕もです。似てますね」

　これ以外にも話がよく合って、二時間余りがあっという間に過ぎていった。

「それにしてもどうして婚活を始めたんですか？　それだけお綺麗なら、男性は放っておかないでしょうに」

　いい雰囲気だったので、つい思っていたことをそのまま口にしてしまった。沙雪は困ったように微笑む。

「それは……最近は結構申し込まれますけど、昔はモテなかったんですよ。ダイエットしたからかな」

　本当だろうか。まあ、あまり詮索はすまい。私が支払いを済ませようとしたが、沙雪は割り勘でと言って半ば強引に自分の分を払った。

「今日はありがとうございました」

「いえ、こちらこそ」

　いい雰囲気のまま、懐石料理店を出て別れた。後で彼女の方からまた逢いたいとメールを送ってくれた。私は嬉しさのあまり、ありがとう！　ありがとう！　ありがとう！と即レスした。

それから一ヶ月余りが過ぎた。

仕事は終わったが、今日は相談所に寄って現状報告をしなければいけない。すっかり夏になった。街には祭りにでも行くのか浴衣姿のカップルが何組か歩いていくのが見える。毎年ジェラシーに襲われるのが恒例だったのだが今年は違う。私は一人じゃないからだ。

相談所のビルに着くと、エレベーターに向かった。

「ああ、ちょっと待って！」

久しぶりに、あの派手な髪形のおばさんが駆け込んできた。だが私は開くボタンを押し、エレガントに迎え入れる。おばさんは機嫌よくマツケンサンバをくちずさんでいるが、不快ではなかった。

相談所に着くと、まどかがニコニコ顔で迎えた。

「黒崎さん、順調のようですね」

「ええ、おかげさまで」

余裕の笑みを浮かべる。沙雪との交際は順調そのものだ。間をあけずにどんどん会うべしというアドバイスが不要なくらい、自然に会っている。あれから食事デートを三回、ドライブデートを二回こなしたが、いずれも好感触だった。いつも話が盛り上がっているわけではないが、一緒にいて心が落ち着く。無理することなく、今までの自分を肯定してくれる彼女に、完全に私はメロメロになっていた。しかし、ここまで来てもこの現実が信じられなかった。これまでの〝どんでん返し〟もあって、私はうまくいけばいくほど臆病になっていった。

「それにしても、どうしてあんなにいい人が私などに応じてくれたんですかね。しかも若くてかなりの美人だし」

前々から思っていた疑問をぶつけた。

「ううん、何故でしょう」

まどかはアゴに人差し指を当てた。

「それはわたしも謎なんですよね。黒崎さんとの交際に応じてくれる女性って、こういうと何ですけど、脛《すね》に傷もつ人ばかりでしたし」

思いかえして苦笑いせざるを得なかった。

「……なんて冗談ですよ。黒崎さん、もっと自分に自信をもって」

「は、はあ」

「最初に言ったと思いますけど、黒崎さんは一見強面です。でも根はすごくまじめで、ユーモアもあって優しい……このギャップは魅力です。黒崎さんの良さは会ってみて初めてわかる面があると思うんです」

褒められて照れ臭かった。確かに今までの失敗で、自分に自信がもてなくなっていたのは事実だ。

「でもお見合いする前は、写真と簡単なプロフィールという限られた情報しかないわけです。会うところまでいかなければ、その人の良さはわからない。だからパーティーを勧めたんです。若松さんはきっと、直接会ってみて黒崎さんの素晴らしさに気付いてくれたんじゃないですか」

パーティーでは三分しか話していないのだが、それでわかってもらえるものだろうか。いや、私も三分で相手のことをだいたいわかったつもりでいたのではないか。

「この調子なら、そろそろ考える頃合いかもしれませんね」

「頃合い？」

まどかはフフッと微笑んだ。

「プロポーズですよ」

「ええっ」

沙雪と会ってからまだ一ヶ月と少しだ。交際に用意されている期間は三ヶ月ではないか。いくらなんでも早すぎるだろう。

「三ヶ月はあくまで目安です。二ヶ月くらいで決めるカップルは結構多いですし、早いカップルなら一ヶ月で決めちゃう場合だってありますよ」

「そんなに早く……」

「頑張ってください。若松さんは人気あるから、交際中もお申し込みはたくさんあるだろうし、黒崎さんの他にも交際している方がいるかもしれません」

私は目を瞬せる。二股というわけではなく、お見合いでは公式のルールだ。デートだ何だとやっている内に月日はあっという間に過ぎていってしまう。短期間に結婚相手を見つけるために、複数の相手と付き合うことはＯＫだ。そんなこと私には無縁の話だが、沙雪は違うかもしれない。

「ぐずぐずしていると、他の男性にとられちゃうかもですよ。何でも相談に乗りますから気兼ねなく」

まどかに送られながら、私はどこか地に足のつかぬ思いで相談所を後にした。

すでに外は暗かった。

いつものように巣鴨駅で降りると、スーパーで惣菜を買って、自宅アパート近くの公園でブランコに腰かけた。今日はいつものさび猫は出てこない。

まどかに言われたことが頭に残っている。プロポーズ……確かにここまで続いたのは初めてだ。お見合いで三回以上会う場合、相手は本気で結婚を考えているというが、沙雪とはパーティーを含めるとすでに六回会った。思った以上に結婚はすぐ近くまで迫っているのだろうか。

携帯にメール着信があった。

――こんばんは。今、仕事終わったとこです。今日も疲れましたあ。黒崎さんはまだお仕事ですか？(^○^)

沙雪からのメールはいつもこんな感じだ。何気ない日常会話ばかりだが、これくらいの距離感がちょうどいい。

――お疲れ様でした。こちらの仕事は早く終わりました。今、自宅近くの公園にいます。

私が打ち込むと、一分もしないうちに返事が来た。

――え、そうなんですか。前に話していた猫ちゃんがいるのかなあ。あ、わたしも今、巣鴨にいるんですよ。こっちに用事があって。よかったら夜ごはん一緒にどうですかあ(^_^)/☆

惣菜の入った袋を鞄の奥へつっこみつつ、わかりましたとメールを打つ。近くの定食屋で会うことになった。

ほとんど待つことなく、沙雪は姿を現した。薄手のカーディガンを着ている。何を着てもよく似合う。

「こんばんは」

私たちは早速、定食を注文する。たわいもない話をした。

「ふうん、それじゃあ所長さんが食通なんですねえ」

「ええ、実はこれまで行ったお店も風見所長がプッシュしていたところが多かったんです。所長は甘いものには目がなくて、スイーツ大魔王って感じですよ」

いつもと同じように会話が進んでいく。いい雰囲気だ。

「さてと、そろそろ出ますか」

勘定を済ませると、外へ出る。沙雪は大きく伸びをした。

「黒崎さんのご自宅って、この近くなんですよね」

「ええ、小汚いアパートですが」

「お邪魔してもいいですか」

申し出に私は一瞬、固まった。

「探偵さんの私生活って、どんな感じなんだろうかなって」

思いもよらぬ申し出だった。時刻は午後八時半。この時刻に若い女性が私の部屋に……急に心拍数が上がった。沙雪は微笑んでいるが、ことは重大ではないか。体中……というか一部だけが熱くなるような思いだ。

「ご迷惑ですか」

「い、いいえ。とんでもない。こちらです」

右手と左手が同時に出かかったが、何とか誤魔化す。舞い上がるな。こういう時こそ冷静になって考えるんだ。沙雪を招き入れることに問題はないか。幸い部屋は掃除したばかりで綺麗なはず……。

——いや、まずいぞ。

少し前、大家にタバコの臭いがすると小言を言われて掃除した。自分では気づかなくとも、女性からすれば、きつい臭いがするのではなかろうか。最初にまどかにアドバイスされたことが頭に浮かぶ。基本的に女性はタバコがNGだと。

いや、メールの時点で既に沙雪は近くにいた。どうあがいても特段の改善は望めなかっただろう。こうなったら一か八か、入ってもらうしかない。覚悟を決めろ。後戻りなどできるものか。

何をしゃべっているんだかわからなくなっている内に、アパートに着いた。

「へえ、こういう感じなんだ」

「安アパートです。ああ、鍵開けますね」

中に入ってエアコンをつける。沙雪は上に着ていた薄手のカーディガンを脱いでTシャツ姿になった。体のラインが浮かんだ。細身なのに出るところは出ていることを再確認。生唾を飲み込みそうになった。

コーヒーでも淹れましょうか、と声をかけようとした時、沙雪はくんくんと鼻をうごめかした。私は正直に告げることにした。

「若松さん」

沙雪は小さく、はい？　と応じた。

「臭いでしょう？　少し窓を開けましょうか。実は普段、タバコを吸っているんです。デートでは不快に思われるから我慢していました。車の消臭もして」

どこかすっきりとした思いとともに、沙雪の表情をうかがう。無表情のまま、しばらく何も言わないので、生きた心地がしなかった。

「ぷっ……」

沙雪は噴き出すと、おかしい、と腹を抱えて笑い出した。

「あ、気にしないですか」

「私の父も吸っていますし。むしろタバコの臭いって好きなんです。男っぽくて」

「そうなんですか」

「ええ、探偵だったら吸っている方がイメージ通りじゃないですか。黒崎さん、急にかしこまって言うから何のことかと思ったら、そんなことなんだもん。ちょっとかわいくて笑っちゃった」

赦《ゆる》された……そんな思いが全身を包んでいく。正直に打ち明けてよかった。こんなことで破綻しなくて本当によかった。

それから彼女とテレビゲームをしたり、駄菓子をつまみながらしゃべったりして小一時間ほど過ごした。うっかりしてアダルトＤＶＤを発見されるという失態も演じたが、笑われるだけで問題なかった。

「へえ、アルバムなんてあるんですね」

沙雪は本棚に手を伸ばした。先日、開いて見たばかりのものだ。本当は刑事時代の恰好いい写真が入っているとよかったのだが。

私はトイレに立った。それよりどうする？　女性がこんな時間に交際中の男性のアパートまで来るということは、自分の身を男性にゆだねるという意味だといえよう。沙雪はこちらが切り出すのを待っているのではないか。このままでは優柔不断で情けない男と思われてしまいかねない。思い出せ、野性の本能を。戦え！　草食系最強のトリケラトプスよ。お前の角はお飾りか。

――いや待て。これは普通の恋愛ではないぞ。

婚活は通常の恋愛にはないルールがある。多くの結婚相談所では、会員同士が男女の仲にまで発展した場合、それは成婚とみなされるのだ。逆に言えば交際中に関係をもつことは禁止されている。その前提があるから、沙雪は安心してアパートまで来たのかもしれない。そんなところに求めれば、野獣のような男だと嫌われてしまう恐れもある。だが現実には生身の男と女にそんなルールは建前なのかもしれない。プロポーズを飛びこえて一気に成婚まで至る流れなのか。どっちだ？　くそ、まったくわからない。

迷いまくっていると、沙雪はアルバムをたたみ、立ち上がった。

「それじゃあ、私、そろそろ帰ります。明日も仕事があるから」

唐突感たっぷり。もしかして煮え切らない私に業を煮やしたのだろうか。そう思ったが、沙雪は笑顔でその心配を吹き飛ばした。

「黒崎さん、それじゃあまた」

私の中で残念な思いとほっとする思いが交錯していた。

「あ、遅いので車で送りますよ」

「ありがとう」

それから車内でいつものように会話を重ねつつ、沙雪を自宅近くの駐車場まで送った。

――うん？　あれ……。

到着したのに、どういうわけか沙雪は助手席から動こうとしなかった。

「どうしたんですか」

この様子……いつもとは違う。

「黒崎さん、二つ訊きたいことがあるんですけど、いいですか」

沙雪は澄んだ瞳で遠くを見ている。改めてどうしたのだろう。

「ええ、何ですか」

「一つめ……一目ぼれを信じますか」

思わぬ問いで、私は言葉に詰まった。

「実は初めて会った時に、ビビッと来たんです。この人だって」

沙雪は少し、はにかんでいた。私はごくりとつばを飲み込む。

「言葉にしにくい直感的なものが先にあって、会っていくうちにこの人とならうまくいく……そんな思いが強くなっていきました。そして今はこう思っています。この人とならー生、一緒にやっていけるって」

沙雪はつぶらな瞳で、私をしっかりと見据えた。これは……ほとんどプロポーズではないか。告白を受けたこと自体、生まれて初めてだ。

「信じますよ。僕もそうです」

パーティーで会った時、沙雪の美しさに圧倒されたのは事実だ。ただ美人とは性格は合わないだろうと勝手に思っていた。だが交際するうちに内面にもひかれ、この人とならと思えるほどになった。今は愛している。そう言っていいレベルだろう。

「じゃあ、二つ目……」

沙雪は少し間をあけてから言いづらそうに口を開いた。

「整形についてどうお考えですか」

思いもしなかった問いかけに、私は口を半開きにして、しばらく動くことができなかった。

整形という言葉をなぞる。沙雪の澄んだ大きな瞳、整った鼻筋、控えめでつやのある唇は本当に美しい。だが言われてみると、整いすぎている気もする。彼女のこの美しさは整形……そうだったのか。

「ごめんなさい。急にこんなこと言って。困りますよね。でもこれ、一生を共にする人だからこそ聞いておかなくちゃいけないと思って」

「え、あの、若松さん……それはつまり、その……」

「いえ、いきなりじゃ無理ですよね。今度会う時、答えを聞かせてください」

沙雪は車から降りて、駆け出して行った。私はあまりのことに結局、まともな言葉を発することができなかった。

3

沙雪がアパートを訪ねてきてから三日後、私は八神とともに某大会社役員夫人の尾行調査を終え、ウィンドミル探偵事務所に戻った。

「お前ら、このタイミング狙ってたな」

片眉を上げながら風見が迎えた。午後三時。何のことやらわからないが、事務所内にはフレーバーティーの甘ったるい香りが立ち込めている。

「何すか？　この高そうなケーキ」

八神が遠慮なくフォークでケーキを突き刺した。

「ふふふ八神くん、やるな。すぐにこのタルトがただものではないと見抜くとは。なんと、週末行ったスイーツの旅、京都土産なんだな、これが」

風見は得意げだった。旅行しすぎだろう。探偵の方が趣味のレベルだ。

「いけるわね」

横から安田が二個めをさらっていった。

「いいか、諸君？　黒大寿という黒豆にシナモンクリーム、みたらしソースの絶妙なハーモニーがこのタルトを極上のスイーツたらしめているんだわ」

風見のスイーツ講釈が続く中、私はパソコンで世田谷区の地図を確認しつつ、ずっと沙雪のことを考えていた。

沙雪の告白は相当な覚悟が必要だったはずだ。整形……今考えると、思い当たることがある。二度目に彼女と会った時、昔はモテなかったと言っていた。最近はダイエットしたから、と取り繕っていたが、きっと真実を言い出しづらかったのだ。整形したからモテるようになった……そんなこと、簡単に口に出せるはずがない。

「それにしても所長、例の整形女性の話、どうなったんですかね」

八神の問いに、私はクリックするつもりのないエロサイトの広告を踏んでしまった。

「ああ？　そりゃもうご破算よ」

早坂愛海は整形が理由で婚約破棄になったらしい。やはりそうか。吊り目だった頃の早坂愛海の顔が浮かんだ。いつになく罪悪感がある。とはいえその罪悪感は、沙雪の告白があったから生じたのかもしれない。

「なんで整形なんてするんですかね？　俺にはさっぱりですよ。金はかかるし、痛いし、メンテナンスも必要。思い通りにいかないリスクさえあるでしょ？　それを考えたら、少々顔が悪くてもいいじゃないっすか」

八神はあっけらかんと言い放った。まあ、こいつにはわかるまい。きっと容姿は女性にとって何ものにも代えがたい重要なものなのだ。だが八神と同じように私にも抵抗感がある。整形美人でも構わない……心からそう思えないのだ。

「それじゃあ、出てきます」

デスクワークを終えた私は、事務所を出て一人で車に乗った。依頼先に書類を渡すだけの簡単な仕事ですぐに終わったが、すぐに事務所には戻らず、車を逆方向に向けた。沙雪の実家だ。赤い三角屋根が特徴的と言っていた。

知りたいと思ったのは、沙雪の整形の程度だ。昔の沙雪の写真を見られれば、一発でわかるのだが彼女の家族を見ることさえできれば、おおよその見当はつくだろう。沙雪を車で送る時に彼女を降ろす駐車場へ行く。その周辺をゆっくり走りながら探していった。

――あれか。

赤い三角屋根が見えた。若松という表札を確認する。閑静な住宅地にあるこじゃれた一軒家だ。庭にゴールデンレトリバーがいて、駐車場には高級車が停まっている。しばらく中をうかがっていると、玄関のドアが開いて五十代後半の男性が出て来た。おそらく沙雪の父親なのだろう。

眼鏡をかけたその男性は、筋肉質な体つきで、岩石のような顔だった。この私よりも大柄で強面、男性ホルモンが強そうに映る。頭髪どころか眉毛すらほとんどない。女の子は父親に似るというが、沙雪の要素は欠片《かけら》もなかった。

「雪子《ゆきこ》、行くぞ」

「はあい、今行きます」

遅れて出て来たのは、五十過ぎくらいの小柄な女性だった。ずいぶんぽっちゃりしている。雪子という名前からして、沙雪の母親だろう。二人は車に乗り込むと、どこかに出て行った。

ハンドルを強く握った。どう考えればいいだろう。父親はまるで沙雪と似ていなかったが、母親は若い頃は美人だったのだろうか。今はどこにでもいそうなおばちゃんだ。沙雪のように二重瞼《ふたえまぶた》の、くっきりした顔立ちではなく、似ているかと問われると首をかしげざるを得ない。まあ、これだけでは、やっぱり判断は難しいな。

事務所に戻った時には、すでに日は落ちていた。誰も残っておらず、私は一人、『レッド・ベリル』に足を向けた。

「黒崎さん、いらっしゃいませ」

梓紗にワイルドターキーのストレートを注文し、指定席でちびちびと飲んだ。

「また悩んでいるのかしら？」

「うん？　そう見えるかい」

いつもと変わらない様子で飲んでいたつもりだったが、梓紗の目は誤魔化せなかったようだ。だが何を悩んでいるかまでは、さすがにわかるまい。

「ちょっとね、仕事で色々あって」

それっぽく、適当なことを言った。

「興味あるな。たまには話してくださいよ」

上目遣いに見つめられ、少し待ってから口を開く。

「君はどう思う？　整形してまで綺麗になりたいって思うかい」

「え……整形ですか」

彼女は首を横に振った。

「そうねえ、考えたこと、ないかな」

「それは君が自分の顔に自信があるからじゃないか」

意地の悪い質問をした。

「そんなこと……それに綺麗な子でも整形するじゃないですか」

珍しく梓紗は唇をとがらせた。

「人が気にしてなくても自分が気にしちゃって整形をくりかえす子も多いみたい。どんなにいじってても満足できない人ならしない方がましだし、整形で自信がもてて幸せになれる人ならする価値はありますよね」

一理あると思った。沙雪にも何かの事情があったのかもしれない。岩石のような顔が原因でいじめられたり、ふられたりとか。それを知らずに整形を否定するのはためらわれる。

店を出た後、駅までフラフラと歩いた。

少し飲み過ぎたようで、珍しく足がもつれている。酔い覚ましに自販機でコーヒーを買おうとしたが、一万円札しかなかった。福澤諭吉の顔を見つめながら、有名なフレーズを思い出す。

「天は人の上に人を造らず……か」

人は平等だと思いたいが、現実はそうじゃない。実際には生まれた時から不平等だ。結婚は結局、スペックがモノを言う。男性なら安定した高収入。女性なら容姿。いくら綺麗事を言っても、この事実は変わらないと婚活でわかってきた。

私とて同じだ。皆と同じく、パーティーで沙雪の番号を書いたのも結局は容姿。つまるところ、スケベ心なのだ。

――私は沙雪を愛しているのだろうか。

そう自分に問いかける。一目惚れの恋というものではなかった。高嶺の花扱いして壁を作っていた。それでも何度か会って、この人なら是非結婚したいと思った。愛する気持ちが芽生えた。だがそれは結局、彼女の仮面のなせるわざなのではないか。違うと己に言いたかったができない。実際、整形と聞いただけでこの狼狽《ろうばい》ぶりだ。

ただし沙雪は早坂愛海のようにその事実を隠すのではなく、正直に私に話してくれた。築き上げた関係が全てフイになるリスクを承知の上で……。人は自分を良く見せたがるものだ。女性が化粧するのも同じだろう。それは私も同じ。いい恰好をしたくて失敗を重ねてきた。少なくとも沙雪の勇気は、追い込まれでもしないと喫煙者であることを打ち明けられない自分にはないように思えた。

長く考え抜いた末、私は一つの決心に到達し、一万円札をぐっと握りしめた。

運命の日は思ったよりも早く来た。

金曜日。私は八神と一緒だった。大手銀行の重役に頼まれて、彼の中学生になる息子を尾行する仕事だ。どうも最近、様子がおかしいという。

　仕事が終わった後、沙雪と会う予定になっている。荻窪《おぎくぼ》駅近くの塾を出た後、息子を尾行するが、取り立てて不審な動きはなかった。

「素直に家に帰りましたね」

「とりあえず今日は終わりだ」

　私は八神と別れ、待ち合わせ場所に急ぐ。こちらの答えは決まっている。後はそれを正直に言うだけだ。

　沙雪が待ち合わせ場所に指定してきたのは、吉祥寺駅近くにある小さな公園だった。偶然、『御木本クリニック』のすぐ隣でもある。

　何とか間に合ったようだ。夜なので公園に人気はない。犬の散歩をする人が横切っていくくらいだ。

　大時計前には外灯に照らされた、沙雪のいつもの美しい顔があった。

「こんばんは」

　私が先に声をかけた。

「ああ、黒崎さん」

　沙雪は微笑んでいた。しかしその笑みはどこか不安げで、緊張感を抱えているように思える。会話が弾むことはなく、間があいた。

長く息を吐き出してから、私は沙雪に切り出した。

「整形に対する答え……出ましたよ」

沙雪は一度だけ瞬きをし、凛とした眼差しを私に向けた。

夜空を見上げた後、私は口を開いた。

「それがどうした……これが僕の答えです」

何も問題はないと、はっきり言い切った。それが深い意味を持つことは、よくわかっていた。これは一生彼女を支えていくという実質的なプロポーズでもある。考え抜いて至った結論。これが自分の本心だ。沙雪さん、私は整形したあなたを全て受けとめ、あなたをずっと支えていく。

沙雪の唇はかすかに動いていた。だが言葉は漏れなかった。代わりに沙雪はまっすぐに私を見つめた。悲しげな顔だ。黒崎さん、こんな私で本当にいいんですか……そう言いたげに見える。だが私はもう迷わない。彼女の顔が以前とまるで違っていてもそれでいい。過去の写真なんて見なくていい。今の彼女を愛していく自信がある。

「それだけ……ですか」

沙雪の問いに私は大きくうなずく。

「はい」

沙雪は目をそらすと、背を向けた。

「少し時間をください」

当然どこか食事に行くのだと思っていたが、彼女は駆け出していってしまった。私は追うことはなかった。こちらの思いは伝えたし、今度は沙雪がどうするかを決める番なのだ。大きく息を吐き出すと『御木本クリニック』の看板を見上げる。ネオンが鈍く光っていた。

4

数日後、私は仕事でまた荻窪に来ていた。例の息子の素行調査だ。

「ホント今のガキどもは……」

八神は年寄りのように、今の若いもんはと悪口を言っていた。私は気のない相槌を打つ。

これまで数日の尾行では、少年はボロを出さなかった。しかし今日、塾の帰りにはゲーセンに立ち寄り、そこで仲間から脱法ハーブを受け取っていた。

「見るからにヤンキーとかならわかりやすいんですがね。最近のガキはおとなしそうに見えて、人前では仮面をつけてるんです。外面だけはよくしておきたいんでしょうね」

仮面という言葉が心を刺した。

吉祥寺で沙雪と会ってから五日が経過したが、連絡はない。正直なところ、私の中にあるのは純粋な愛情だけではない。妥協、同情、偽善……そんな感情が少しずつ混ざりあっていることは否定できない。だがその上で私はOKの返事をしたのだ。何度もこちらから連絡しようと思ったが、沙雪は時間が欲しいと言っていた。せっついてもいい結果は出ないはずだ。どうなるかはわからないが、信じて待つしかない。

事務所に戻ると、風見がニコニコして待っていた。ほいと封筒を渡される。それなりに重みがあった。

「ボーナスだよ〜ん」

珍しいこともある。銀行重役からの報酬が予想外に多かったらしい。

「黒崎、お前のおかげだ。息子の人生が狂ってしまうのを、寸前で回避することができて感謝しているってさ」

穏便に済んだのは、親が警察のコネを使ったからかもしれないが、そのあたりについては関知しない。

「ほい八神、お前さんにもだ」

「すげえ！　初めてっすよ」

八神が突然のボーナスにはしゃいで札を数え始めた。

「三十万もあるじゃないっすか。彼女が欲しがってたバッグ、買ってやろうかな」

八神はさっそくLINEで連絡をとっている。私はそれをしり目に事務所を出た。

思わぬ臨時収入ではあったが、心ここにあらずという感じだった。沙雪の返事が気になって仕方ないのだ。もしオーケーなら、私も婚約指輪を買う資金に充《あ》てよう。

電車で自宅に戻る途中も、考えているのは沙雪のことばかりだった。

巣鴨駅で降りる。遠くから花火の音が聞こえた。

公園を通りかかると、いつものさび猫がいて、目つきの悪い茶トラとにらみ合っていた。縄張り争いかと思った時、電話がかかってきた。取り出して見ると、まどかからだ。慌ててタップした。

「はい、もしもし」

「黒崎さん……」

まどかの声は沈み込んでいた。まさか……。

「実は大変残念なんですが」

「断りの返事が来たんですか」

問いかけると、まどかは力なく、ええと応じた。

「……そうですか」

冷静に応じるが、小さくない衝撃があった。

女性心理は本当にわからない。いや、おそらく沙雪はこう思ったのだ。同情などいらない。もし憐れんで一緒になるというのなら、きっとうまくいかないと。私はそういう感情をうまく隠していたつもりではあったが、見抜かれていたのかもしれない。

しばらくの沈黙の後で、まどかが口を開いた。

「黒崎さん、整形のこと、どうして話してくれなかったんですか」

沙雪はそんなことまで相談所に話したのか。いや、話したところで変わらなかっただろう。これは結局、自分自身の心の問題なのだ。あえて言えば自分がもっともっと強く、愛していると告げるべきだったのに、覚悟が足りなかったことがまずかった。

返事できずにいると、まどかは思いもよらないことを口にした。

「整形しているんですってね、黒崎さん」

「はあ？」

頭の中が白くなった。何を言っているんだ？

「若松さんは残念そうでしたよ。黒崎さんは渋くて、自分のイメージする憧れの刑事そのものと思ったけど、それが整形だとわかったら少し引くなって」

ちょっと待ってくれ。止めようとしたが、アップアップで声にならず、まどかは話し続けた。

「でも整形かどうか訊けずに、お付き合いしている間も悩んでいたんですって。そして決意した。自分は黒崎さんが整形でも構わない。事情を正直に話してくれれば受け入れるつもりだった。でも整形で何が悪いんだ、みたいに開き直るから……と」

真っ白になっていた景色がようやく色を回復した。

「わけがわかりませんよ。どうして彼女は私が整形だって思ったんです？」

いったい何がどうなればそんなことになるのだ。

「若松さんは病院から帰る際、黒崎さんが吉祥寺駅前にある『御木本クリニック』から出てきたのを偶然見たらしいんです」

私は声を上げそうになった。

「黒崎さんのアパートを訪ねた時、アルバムを見せてもらって確信したって言ってました。古い写真が全くなかったのでおかしいって思ったそうです。この人は過去の自分を封印している。やはり整形だって」

「あ、ああ……」

なんてことだ。ようやくすべてが腑《ふ》に落ちた。

依頼を受けて、早坂愛海を調べるために『御木本クリニック』に何度か行った。運悪くそれを目撃され、通院していると誤解されてしまったのか。沙雪が最後の待ち合わせで『御木本クリニック』前の公園を選んだのも、自分から打ち明けて欲しいというメッセージが込められていたに違いない。

「まあこれは、整形であることをわたしにも隠していた黒崎さんが悪いですね」

「いや、私は整形じゃない！　誤解だ誤解。違いますよ」

私はこれまでの経緯を説明しながら必死で訴えた。

「じゃあ黒崎さん、整形していないんですか」

「当たり前だ」

だいたい整形するなら、こんな怖い顔にするはずがないではないか。

「なあんだ。ですよねえ、私も整形してるわけないって思ったんですよ」

ようやくまどかの誤解は解けた。そうだ。こんなくだらないことで沙雪と破談になってたまるか。仮面などかぶっていない絶世の美女が手を伸ばせばすぐ届くところにいたのだ。

「でも一度こうなってしまうと、ダメですね。正式なお断りの後、復縁したという例はほとんどありません。一度切れてしまった糸は、それがたとえ思い込みであったとしても簡単には戻らないんです」

何ということだ。こんなことがありえていいのか。誤解だと気づいていれば、あっさりとわかってもらえたはずだ。

「愛してる！　私は沙雪さんを愛してるんです」

「黒崎さん」

「誤解だ。誤解なんだあ」

私はカバンを取り落とし、その場にうずくまる。落とした勢いで、さっきもらったボーナス入りの封筒がカバンから飛び出た。

それから何を話したか、記憶が飛んでいる。いつの間にか通話は切れていた。気づくと猫同士の喧嘩はまだ続いていて、さび猫がフシャーと茶トラを威嚇していた。

――結局は私の愛が足りなかったのか。

沙雪が整形だと思い込んでいた時、私は必死に彼女を求めなかった。迷わず本気で愛していたなら、去っていくあの背を追って引き止めていたはずだ。そうしていれば誤解も解けただろう。心の中のどこかで仮面の女と、彼女を否定する気持ちがあったのではないか。

「運がなかった……」

自分に言い聞かすようにつぶやくと、落としたボーナス入りの封筒を拾い上げる。だがやはり納得できない。時間を巻き戻したいという思いが、とめどもなく湧き上がってくる。

「……で終われるか！　畜生――っ！」

福澤諭吉を握りつぶすと、私はさび猫に負けないよう、公園で絶叫した。

第5話　暴く女

1

誰にでも、知られたくない過去の一つや二つあるものだ。

探偵はそういう人の恥部を暴くことで生きている。何とも因果な商売だ。

ホテルのパーティー会場には、有名な会社の重役や政府要人など、二百人余りの人々が詰めかけていた。私はこういう華やかな場はあまり得意ではなく、隅で一人、ウーロン茶をちびちびと飲んだ。まだ午後一時前。パーティーは二時までなので、当分終わりそうにない。

「すげえ、これマジいけますよ」

八神はローストビーフを大量に皿に盛りつけてがっついていた。珍しくスーツで決めているが、チャラいところはいつもと同じだ。

「黒崎くん、ご苦労だったね」

グラスを片手に、このパーティーを主催する大手ゼネコンの社長が声をかけてきた。

「おかしな女に騙されるところだったよ」

私と八神は社長の依頼を解決した礼として、創設五十周年記念パーティーに呼ばれたのだ。私としてはちっともありがたくない誘いだったが、義理を立てる気持ちもあり、八神に引っ張られる恰好でここまで来た。

「あの女が整形だとはな。危うく息子の嫁にしてしまうところだった。助かったよ」

「いえ、仕事ですから」

「クールなところがまたいいじゃないか」

社長は私の肩をポンポンと叩くと、恰幅《かっぷく》のいい体をあちこちに移動させて、周りにいる人々に私のことを紹介した。増えていく名刺には政府要人や大会社の重役、弁護士などの名前があった。

ただこういう場で明るく振る舞えるだけの材料もあった。沙雪とのことが破談になった後、長い間婚活はダメダメだった。しかしこの前、一人の女性にお見合いを申し込まれたのだ。こちらが申し込んでばかりで、女性側から申し込まれたのは初めてだ。実はこのパーティーの後、夕方に会う予定になっている。

「お嬢さん、ちょっとご紹介したいのですが」

社長は一人の若い女性を呼び止めた。

「彼は探偵の黒崎竜司くん。以前は腕利きの刑事だったそうでしてな」

赤いドレスに身を包んだ美しい女性だったが、鋭い眼光と凜々しい眉が気の強さを感じさせた。どこかで見た気がする顔だ。

「知ってますわ。所轄の刑事だったんでしょ」

「え？　彼をご存じですか。黛《まゆずみ》さん」

うなずいた彼女の口元には笑みがあった。だが目が笑っていない。そのまなざしでピンと来た。そうか、黛といえば……。

「ただし腕利き……というのはどうかしら」

社長は黛と私を交互に見渡した。私は彼女の視線に耐えきれず、フロアに視線を落とした。

「何だよその言い方はよ」

八神がレフェリーのように割って入った。

「俺はずっと傍にいるからよくわかる。黒さんはマジですげえし。俺が知ってる功績だけでもいっぱいある」

私のためにむきになってくれるなんて、少し感動してしまった。だが彼女は驚くこともなく、八神の顔をじっと見つめた。

「別に。あの黒崎の部下にしては、悪くないわねって思っただけ。ただし顔だけね」

「はあ?」

「また会いましょう」

彼女は私に一瞥《いちべつ》をくれて去って行った。社長は呆気にとられたようにただ口を開けていた。

「何なんすか、あの女。いかにもお嬢様……みたいに気色悪いしゃべり方して。あんなのリアルでもいるんですね……っていうか黒さんのこと知ってるみたいだったけど、知り合いっすか」

初めて会ったのはもう十五年近く前、彼女はまだ中学生だったはずだ。

「彼女は黛ホールディングス会長の孫娘、黛新菜《にいな》だ」

黛ホールディングスはゼネコンの黛建設を中核とする巨大企業グループだ。その会長は引退間近で、孫娘である新菜が後々跡を継ぐためにいきなり専務として入社した。現在、社長には新菜の叔父が就任している。

「えっ、マジすか?　すげえ。だから偉そうなのか」

「お前に気がありそうだったな」

「冗談はやめてくださいよ。大金持ちで美人でも、ああいう面倒くさそうなのは嫌ですよ」

私は黙ってウィスキーに口をつける。パーティーは華やいだ雰囲気のまましばらく続き、何事もなく終わった。

帰宅途中、私は電車の中から、東京の街並みを眺めた。師走に入ってから、すっかりクリスマスモードに染まっている。

クリスマス・イヴという聖なる夜、いや性なる夜を長年私は忌み嫌ってきた。クリスマス・イヴに浮かれるカップルを絶滅させる会でもあれば、会長就任待ったなしというくらいだ。

——見合いを前にケチがついたもんだな。

黛新菜との思わぬ再会は、どうしても刑事時代を思い起こさせる。そしてそれは私にとって、あまり知られたくない過去でもあるのだ。

実は新菜の父は刑事時代、私の先輩だった。大企業の御曹司であるのに、家業には興味がなく警察に入った奇特な人物だ。偉そうなところが全くなく、温厚で、上役からは信頼され、部下からは慕われていた。

私生活でも付き合いがあって、彼の自宅にも何度か呼ばれたことがある。いつもそこに一人娘の新菜がいた。私が最後に所属した渋谷《しぶや》署では、彼が署長だった。そしてあの事件が起こった。今でも新菜は私のことを恨んでいるようだ。父親の顔に泥を塗ったと……。

いかん。これから見合いだ。気分を切り替えろと私は自分に言い聞かせ、待ち合わせのホテルに向かった。これまで何度か見合いをしたので、あまり緊張はなかった。ロビーラウンジには、それらしき男女や仲人の姿が目に付いた。

口から水の出るライオン像の横で待っていると、まどかから電話がかかってきた。

「ご一緒できなくてすみません。確認ですけど、お相手の名前は沢木麗子《さわきれいこ》さんといいますからね」

プロフィールによると、三十九歳で公務員となっている。髪を後ろでくくっていて、やや しもぶくれ。細い目でどこか能面を思わせた。婚活写真はたいていプロが撮影するので、似たような柔らかい感じになることが多いのだが、その写真は運転免許証のように味も素っ気もなかった。趣味の欄にも読書、とあるだけで自己アピールも書かれていなかった。

しかし何故私に申し込んできたのだろうか。四十を前に焦って、手当たりしだいに申し込んでいるのかもしれないが、よりによってこんな怖い顔の私立探偵を選ぶ意味がわからない。その疑問をまどかにぶつけたが、のらりくらりとかわされるだけで要領を得ない。

「では黒崎さん、頑張ってくださいね」

誤魔化すように通話が切られ、私はため息をつく。またよからぬことが起きるのではという不安が鎌首をもたげる。まあ、やれる限りやるだけだ。

約束の時間の五分前、ベージュのコートを着た背の高い女性がやって来た。茶色の鞄に黄色いスカーフが結んである。彼女か……私はさっそく声をかけた。

「すみません。沢木さんでしょうか」

「え……はあ、そうです」

「黒崎です。よろしくお願いします」

沢木麗子はこちらこそ、と深々と頭を下げた。能面のような顔は、写真で見たそのままだった。私たちはさっそく、ラウンジに足を運び、コーヒーを注文した。

「改めまして、よろしくお願いします」

私は自然な笑顔を心がけて一礼をする。彼女もよろしくお願いします、と会釈した。

この辺りのやり取りもいつの間にか慣れてしまった。

彼女の情報は少ない。さてどうやって話を引き出すかな。

「お仕事は公務員でしたね？」

「は、はい」

彼女は緊張しているようで、キョロキョロと辺りを見渡した。

「大丈夫ですか？　まるでスパイが追われている感じですけど」

私の冗談に、彼女は口元を緩ませた。

「そうです。背中をさらしちゃいけないんです……って嘘ですけど。すみません。お見合いって初めてなもので。誰か知ってる人がいるんじゃないかと思って落ち着かなくて」

「僕もそうでしたよ。相談所に入ったばかりの頃を思い出します。プロフィールを見てご存じかと思いますが、商売上、あまり人に知られたくなくて」

彼女は声のボリュームをぐっと絞った。

「今は探偵をされているんですよね」

「ええ、恥ずかしながら」

卑下する言い方もいつの間にか定着した。ただ常套句《じょうとうく》を口にしながら、何となく引っ掛かりを感じた。まるで私が以前は違う仕事をしていたことを知っているかのような口ぶりだ。

沢木麗子はカップに口をつけると、こちらの心を読み取ったように話し始めた。さっきまではドギマギしていたが、私の冗談から落ち着きを取り戻したようだ。

「実は私、黒崎さんのこと、刑事をされていた頃から知っているんです」

「え……」

「相談所の検索システムで見た時、最初はまさかって思ったんですけど、どう見ても黒崎さんだったから」

警察関係者だろうか。記憶をたどるが全く出てこない。

「私、検察官なんです」

私は口を半分開けたまま、しばらく固まっていた。

「け、検事……？　検察事務官じゃなくて」

麗子はこくりとうなずいた。少し前までは札幌地検にいて、今は東京地検に所属しているという。驚きで言葉が続かなかった。

「検事って書くと特定されそうですし、相手が引いちゃうんですよね。黒崎さんの噂は、札幌にまで届いていましたよ。知り合いの検事から彼だって顔写真を見せられたから覚えていたんです。見つけた時には驚いたけど、この人なら、私の仕事にも理解があるかなって、自分から申し込んじゃいました」

すごい記憶力だなと思いつつ、私はハンカチで鼻の汗をぬぐった。

「写真ではもっと怖そうな人って感じだったけど、こうしてお会いしてみるととても気さくでほっとしました」

「そ、そうですか」

身分を明かし合うと、急にくつろいだ雰囲気となった。私はアパート近くの公園で、さび猫に話をするのが趣味だと言った。

「え、じゃあ、猫が好きなんですか？　私もです。本当は飼いたいんですけど、官舎暮らしだし。仕事が遅くなっちゃうことが多くて、かまってやれないので」

私は公園でよく会う、さび猫の写真をスマホに表示した。

「すごーい。サビちゃんってことは女の子かな。ふてぶてしくていいですよね。わたし、子猫よりもこういう大人猫の方が味があって好きなんです」

かなりの猫好きのようだ。

「猫カフェにも興味があるのに忙しくて行けないんですよ」

麗子はこの年までなかなか出会いがなく、片手間にできる職業でもないので、結婚をあきらめかけていたという。

思いがけない展開ではあったが、猫がキューピッドのようになって盛り上がり、なごやかなムードのまま別れた。

2

数日後、私は助手席でタバコに火をつけた。

「いつもながら、さすがっすねえ」

今日の仕事はすでに終わった。盗聴されているのではという依頼主の予感は当たり、自宅からあっさりと盗聴器を発見した。おかげで飲みに行く時間もありそうだ。

仕事も好調だが、沢木麗子との交際も順調といっていい。彼女は多忙なため、あれから会ったのは一回だけだが、ＬＩＮＥではよく連絡をとっている。返事は遅いものの、その分、心を込めて書いているのが伝わってくる。それにしても検事とは……ややまじめすぎるきらいはあるが、優しい普通の女性という感じだ。イヴのカップルどもを絶滅させるのは、もう少しだけ待ってやろうか。フハハハ。

やがて車は新宿の事務所についた。

「あっちゃあ、まだやってるよ」

八神の声につられて雑居ビルの二階を見上げると、看板や窓ガラスに星や動物、お菓子の絵が貼られ、イルミネーションがきらきらと光っている。クリスマス仕様だと言って、所長の風見が数日前から飾り付けを始めたのだ。

事務所に上がると、『恋人がサンタクロース』の熱唱が聞こえた。サンタの恰好をした風見が、軽快な腰の動きでモミの木にベルを吊るしている。トナカイの帽子をかぶせられた事務員の安田は、蠟《ろう》人形のように固まった笑顔のまま、キーボードを叩いていた。

「所長、それいつまでやるんです？」

八神の声に、風見は振り返ることなく作業を続けた。

「ああ？　せっかくのクリスマスだぞ。終わるまでだよ」

風見は思い出したように、日めくりカレンダーを一枚ちぎった。既に今日は十二月十五日。あと九日でクリスマス・イヴだ。

「探偵事務所っていうと堅苦しいイメージがあるだろ？　一般ピープルには敷居が高いんだな。飾りつけにはそれを払拭《ふっしょく》する狙いがあるわけよ。クリスマスが終わってもこの方針は続けるぞ。見てろ、この事務所はそのうちスイーツ御殿へと変貌を遂げる」

平静を保っていた安田が顔をしかめた。トナカイの角の生えた帽子姿が、悪魔のようだ。

「ほれ、ぼさっと突っ立ってないで、お前らも手伝ってくれや」

八神は飾り付けに駆り出されたが、私はコーヒーを淹れに行く名目で難を逃れた。風見にも困ったもんだなと思っていると、ドアがノックされた。

「失礼」

入って来たのは、サングラスに黒いスーツの屈強な二人の男たちだった。暴力団関係者かと私は瞬間的に身構えた。

「なかなかオシャレな事務所ね」

続いて入って来たのは、毛皮のコートに身を包んだ黛新菜だった。鼻をつまんでいる。

「特にこのヤニ臭さが素敵」

「あんた、確か……」

　指さしながら近寄る八神を、黒服二人組が制止する。色つきの眼鏡を取ると、新菜は八神に流し目をくれた。

「覚えていてくれて、ありがとう」

「あの、仕事の依頼でしょうか」

　揉み手をするように、風見は近づいた。新菜は事務所の主のように応接セットの椅子に座ると、細い足を組んだ。

「そうよ」

「少しお待ちを」

　金持ちを前に突如、執事と化した風見は、棚からスイーツを取り出し、紅茶を淹れた。

「熟成させたブリー・ド・モーをふんだんに使ったベイクドチーズケーキでございます。アールグレイとよく合うかと」

　新菜はさっそく口に入れて、悪くないわ、と感想をこぼす。

「恐れ入ります。それでお客様、依頼のご用向きは？」

「ある事件を調べて欲しいんです」

　新菜の口元には、笑みが浮かんでいた。

「ある事件？」

八神がオウム返しに応じた。

「二年前に渋谷署で起きた事件のことです」

新菜は静かに語り始めた。

「ご存じでしょうけどその事件は当時マスコミでもずいぶん取り上げられていました。認知症の妻を殺害した男が取り調べ中に服毒自殺をしたあれです」

やはりそのことか……私はコーヒーを飲みながら体を強張らせた。

「当時、私の父は渋谷署の署長でした。どうして毒物を持ち込んだことに気付かなかったのかって世間にさんざん叩かれました」

冷たい視線が私に注がれる。それはまさしく、私が警察を辞めるきっかけとなった事件だった。私を採用した風見はこのことを知っている。安田もそうだ。一方、八神は知らないはずだ。

「当時、取り調べに当たっていたのが……そう、あなた。敏腕刑事、黒崎とその部下だったの。被疑者が青酸カリを持ち込んでいたことに気付けなかったという素晴らしい腕利き。依頼はこの事件を調べ直して欲しいということなんです。今さら父の名誉は回復できないけど」

「は、はあ。ですがお客様」

言いかけた風見を、新菜は開いた手を見せることで遮った。

「着手金はこれでいかがかしら」

「……五十万円ですか」

「まさか。五百万です」

風見はアゴが外れたように大きく口を開けた。八神も着手金のあまりの金額に唖然《あぜん》としている。

「後で振り込ませます。そういうわけで、よろしく頼みますわね」

言いたいことを言い終えた新菜は満足げにこちらに一瞥をくれると、ボディガードと共に去って行った。

「おい、聞いたか、いきなり五百万だぞ」

風見はわかりやすく浮足立っていた。

「これはこの事務所をスイーツルームに大改造しなさいっていう神のお導きだろう」

風見とは対照的に、八神は浮かない顔だった。

「黒さん、あの女の言ってたこと、嘘ですよね?」

「………………」

「黒さんがそんなミスをするはずない。きっと黒さんじゃなくて部下が俺みたいな若造で、やらかしたとかでしょ?」

私は首を横に振った。八神の気持ちは嬉しいが、残念ながら、新菜の言っていたことは事実なのだ。当時、私は部下の石岡将太《いしおかしょうた》とともに取り調べに当たった。被疑者には認知症になった妻を絞殺したという疑いがかかっていた。被疑者が服毒自殺したのは私が見ている前ではなかったが、責任はある。所持品のチェックをしたのは私だ。徹底的に調べたはずだが発見できなかった。

「そういうわけだ。彼女の言っていたことは事実だ」

ショックを受けたのか、八神は口を真一文字に結ぶと、悔しそうに事務所を出て行った。

「五百万かあ」

ニヤける風見を横目に、私も事務所を出た。

電車に乗って、いつものように巣鴨で降りる。コートの襟を立てて、公園のベンチに座り、真っ白い息を吐き出した。

新菜のことは子供の頃から知っている。多忙であまり家にいなかった父親に代わって、祖父母にお嬢様として育てられたからだろう。わがままで、こうと決めたら意地でも譲らないところがあった。彼女が事件の調査を依頼してきた理由は、真相を知ることなど二の次だろう。私のことを尊敬する八神の前で、過去の失態を暴きたいのだ。

そう思った時にLINEが入った。

――こんばんは。沢木です。久しぶりに休みが取れました。明後日ですけど、渋谷にある猫カフェに行きませんか？

そういえば麗子は猫カフェに行きたいと言っていた。渋谷か……ちょうど渋谷署の事件のことを考えていた時に偶然だなと思いつつ、早速ＯＫの返事を返した。

考えてみれば、私はずっと逃げていた。これは過去に向き合うちょうどいい機会かもしれない。無理にそう思うことにした。

二日後、待ち合わせ場所には、私の方が先に着いた。

クリスマスを直前に控え、渋谷のハチ公前もいつにもまして華やいだ雰囲気だ。お蔵入りになっていたオシャレ中年変身セットがようやく日の目を見た。

麗子はベージュのコートに茶色のブーツというういでたちで現れた。赤いリボンの付いたバッグは精いっぱいのおしゃれという感じだった。

「待ちましたか」

「いえ、行きましょう」

約束した通り、猫カフェに向かう。私はスマホのナビで、目的地を探すふりをした。

実際にはかなり前に渋谷に来て、場所はチェック済みだ。しばらく歩くと、雑居ビルに肉球のような絵のある看板を認めた。

「あ、ここみたいですよ」

二階にある猫カフェに足を踏み入れた。

「ほらほら、豊作ですよ」

初めて入ったが、普通のアパートの一室くらいのスペースに、猫が十匹ほどもいる。

「ここでは保護された子たちが頑張っているんですよ。里親も募集中です」

店の人が説明してくれた。いかにも血統書付きという上品そうな猫はおらず、いつも公園にいるさび猫を少しだけ綺麗にしたような猫ばかりだった。しかし、麗子は目を大きく見開いて興奮していた。

「かわいい！　すごい！」

ほとんどが人懐っこいが、ふてくされている猫もいた。私は三毛猫を撫《な》でようとしたが、かわされて麗子にすり寄っていった。ゴロゴロとのどを鳴らすのを見ながら苦笑した。

「初めて来たんですけど、なんかもうパラダイスですね、ここ」

麗子は光GENJIの『パラダイス銀河』の冒頭を口ずさみつつ、猫の楽園を満喫していた。

「うわあ。幸せ」

絨毯《じゅうたん》の上に寝そべった麗子の上に、三毛猫とキジトラ、黒猫がよじ登っていた。

「黒崎さん、撮って、撮って」

スマホを渡されて、私は撮影した。無邪気に戯れるその姿は、やり手の検事とは誰も思わないだろう。

「ああ、楽しかった」

夢のような一時間だったと、麗子は大きく伸びをした。

「また来たいですね」

「ええ、ぜひ」

それから青山や表参道《おもてさんどう》を回ってぶらぶらしていると、日が暮れていった。

「お店を予約してあるので、そろそろ行きますか」

駅近くにあるフレンチの店だ。ネットで探しまくって決めた。オススメを選べば間違いがないそうなので、注文は店員の提案のままにした。

「うわあ、美味しい」

志摩《しま》の幸ブイヤベースに続いて、マグレ鴨《かも》胸肉のローストに舌鼓を打った。麗子は食べながらも猫の話ばかりしている。

「沢木さんって、猫が本当に好きなんですね」

麗子は何度かうなずいた。

「そうなんですよ。いつか飼いたいです。でもまあ、仕事があるし」

こうして見ると、猫好きのごく平凡な女性だ。

「どうして検事になったんですか」

ふと聞いてみたくなって訊ねたが、麗子は表情を曇らせて口をつぐんだ。

「あ、どうしても知りたいわけじゃなくて」

「いえ、いいんです。私が検事になったのは子供の頃、ある事件を目撃したからです」

「ある事件……ですか」

「ええ、すみません。急に重い話、していいですか」

私は何気なくええと応じた。

「私の父がナイフで刺されたんです。酒で前後不覚になって暴れている男がいて、父はそれを止めようとして刺されました」

想像以上に重い話に私は口を閉ざした。

「犯人は飲酒運転で捕まったことのある男でした。当時は飲酒運転に対する刑罰が軽く、起訴猶予になっていたんです。そんな身の上なのに事件を起こして。運よく父は命を取り留めましたが、死にかけました。絶対に悪を許しちゃいけない……そう強く思うようになったのは、その時からです」

そんなことがあったのか。私はただ、そうなんですかと応じるしかなかった。

「まあ、仕事は大変ですけどやりがいはあるかな。黒崎さんはいつも何時頃までお仕事しているんですか」

「日によって違いますね。張り込みで深夜ずっと出ている時はありますけど」

「そうなんだ。やっぱり探偵さんも大変なんですね」

二時間ほど話して、麗子とは別れた。今日も決して悪い雰囲気ではなく、すぐにLINEが送られてきた。

――猫カフェよかったですね。料理も最高。黒崎さん、ありがとう。勇気をもって婚活を始めてよかったって思います
私は麗子の笑顔を思い返した。仕事できりきりしている日々の中、私とのデートが一服の清涼剤になっているのならうれしい。

さて、仕事はもう一つある。

渋谷署前まで歩くと、背後から声がかかった。

「やっぱり黒さんじゃないっすか」

私は振り返る。そこにいたのは八神だった。

「どうしたんすか？　こんなところで」

それはこちらのセリフだ！　大声を上げたい気持ちを抑えつつ、警察署の方を向いた。

「渋谷署の事件を調べていてな」

「そうなんすか？　さっき女性と一緒だったじゃないですか。恋人かなって思ったんで声をかけられなかったんですけど」

鈍器で頭を殴られたような衝撃があった。

唇がかすかに震えている。油断していた。二人でいたところまで見られているとは思いもしなかった。しかも今の服装はいつもよりカジュアルでオシャレ中年してるし、デートと思われてもおかしくはない。

八神はいぶかしげな表情を浮かべている。よく考えてみると、知られて問題なのは婚活であって女性との交際ではない。落ち着け。うろたえるな。

「あの女性、実は捜査機関の人間なんだ」

八神は目を瞬かせた。

「捜査機関？」

「切れ者の女検事だ」

「マジっすか」

「ああ、彼女から渋谷署の事件について色々、情報収集をな」

「すげえ、さすが黒さん」

八神はすっかり感心している。ふう……我ながらうまく誤魔化すことができたようだ。

「何かわかったんすか？　あ、実は俺も渋谷署の事件のこと、まだショック引きずってるんで」

八神はいまだに私がミスをしたことに納得できないらしい。もう少し詳しく教えてくれと言うので、私は説明した。

「被疑者の名前は田代憲作《たしろけんさく》。当時六十七歳だ」

田代は自宅で学習塾を営んでいたが、認知症になった妻の介護に疲れ、首を絞めて殺したと自供した。

「俺が知りたいのは、田代がどうやって黒さんの目を欺いて青酸カリを持ち込んだのか、それだけですよ。どんな魔術を使ったんですかねえ」

その疑問は自分の中で何度くり返されたかわからない。いつしか蓋をして刑事を辞め、探偵として生きていこうと思ってやってきたが、婚活と向き合うのと同様に過去と向き合うことも今の自分にとって必要なことなのかもしれない。二人して黙りこんでいると、八神のスマホに電話がかかって来た。

「うわ、またお嬢様かよ」

八神は電話で言い合いをしていたが、やがて諦めたように通話を切った。

「あ、黒さん、すみません。彼女、いちいちうるさくて。それじゃあ俺はこれで」

やれやれ。もてる男は新菜までも虜にしてしまったのか。ため息をつくと一人になった私は当時の状況を思い出す。ボディチェックは念入りにしていたつもりだ。どこに青酸カリを隠し持っていたのか皆目わからない。あの事件では私と部下の石岡が辞めた。

――そういえばあいつはどうしているだろう。

久しぶりに石岡に会ってみよう。私はそう思った。

3

過去とは今日で決別する。その決意はできていた。

向かう先は千葉県の松戸《まつど》市だ。当時の部下、石岡に会いに行くのだ。

ここ数日、私は一つの推理をもとに、当時渋谷署にいた面々や田代の教え子などから話を聞き、事件に関するある事実をつかんだ。推理は確信へと変わりつつある。

やがて石岡宅にたどり着いた。塾の看板が見える。チャイムを鳴らすと、懐しい童顔が顔を見せた。

「突然悪いな、忙しいのに」

「いえ、まだこの時間は子供たちは学校ですので」

「驚いたぞ。刑事を辞めた後、どうして塾なんて始めたんだ？」

「特に理由は……まあ、元々刑事よりもこちらが向いてたんですよ」

居間に通され、奥さんがお茶を出してくれた。お腹が大きく、来年初めての子供が生まれるそうだ。

「早速だが、訊きたいことがあってな。例の渋谷署で起きた事件のこと……正確にはもう一人の犯人についてだ」

石岡は静かに顔を上げた。

「もう一人の犯人？」

「ああ、あの時、田代が青酸カリを持っていたのを誰も見つけられなかった。しっかり調べたのにどうして見つからなかったのか……このことが永遠の謎だった」

私はじっと石岡を見つめた。

「当たり前だ。田代は逮捕時、青酸カリを所持していなかったんだからな」

「どういう意味です？」

「田代は妻を殺した自責の念に耐えきれず、自宅で自殺しようとした。だがその前に逮捕されてしまった。そこで誰かに事情を話し、青酸カリを隠し場所から持ってきて欲しいと頼んだんだ」

逮捕時に所持していなかったのなら、その後誰かが渡したと考えるほかない。外部の人間には無理だ。しかし内部の者なら渡せる……そういう思いでここ数日、私は当時の面々に聞き回り、一つの結論に達した。

「頼まれたのは石岡、お前だな？」

瞬きを忘れたように、石岡は固まっていた。自殺ほう助……それが隠れていた真相だ。

しかし石岡は口を閉ざしたままだ。

「お前は心根の優しい真面目な男だ。愛する妻を殺さざるを得なかった田代に同情したんだ。とはいえ、それだけではここまでしないだろう。お前と田代には何かしらの関係があると思った」

石岡に会おうと思ってから、彼が塾を始めたことを知った。どうして塾なんてと思ったが、同時に自殺した田代のことが浮かんだ。私は田代が自宅近くで経営していた塾について調べ、石岡が十数年前に教え子だったことをつかんだ。

「聞いたところ、田代は近所でも評判の熱心な教育者だったらしいな。小中と六年も世話になったんじゃお前にとっては恩師と呼べる存在だったんじゃないのか？　だから彼の真摯《しんし》な頼みを断れなかったんだ。塾を始めたのは田代の跡を継ごうとしたからなんだろ？」

答えは返ってこなかった。だが沈黙こそが雄弁だった。

――八神のおかげだな。

発端は八神の一言からだった。部下がやらかしたんじゃないかというセリフ。あれは私のミスを信じたくない一心からだったのだろうが、結果的に推理の端緒となった。

「黒崎さん、こう言いに来たんですか？　俺に全てを認めて自首しろと。そうしなければ……」

私は首を左右に振った。

「真相が知りたくなった。ただそれだけだ」

言い残すと、私は背を向けた。証拠はないし、これは私の推測にすぎない。私は今、警察の人間ではないし、納得できればこれ以上、どうこうするつもりはない。

車に戻る途中、背後から声が届いた。

「ご迷惑をおかけしました」

石岡は深く頭を下げた。肩が震えている。石岡もおそらく苦しんでいたのだろう。私は石岡に背を向けると、軽く手を振った。

二年間、自分を苦しめていた事件にケリをつけた私は、新宿西口にある『レッド・ベリル』に向かった。

「いらっしゃいませ」

バーテンダーの梓紗にワイルドターキーを注文する。いつもの席には見知った顔があった。

「久しぶりですね」

「おう、ここに来れば会えると思ってな」

元同僚の刑事だ。私が目的でやって来たらしい。

「最近調子いいってもっぱらの評判だ。新宿の黒ヒョウと呼ばれるだけのことはある」

「なんですかそれは」

「俺がつけた異名《いみよう》だよ。気に入らないなら新宿の黒猫にするがな」

どうせなら新宿のさび猫にしてくれと思ったが、本当に広めそうなので黙っていた。

「まあ、評判になっているのは確かだ」

確かに最近、依頼が増えている。

「そっちはどうです？」

それがな、と応じた後、山田はこちらに身を寄せ、小声になった。

「実はな、ちょっとやばいことになってるんだわ」

「やばいこと？」

「ああ、警察関係者が賄賂の見返りとして、個人情報を漏らしているそうだ」

話によると、確実に該当する刑事がいるらしい。まだ表沙汰にはなっていないが、内部で取り調べが続いているという。

「少なくとも俺は関与してないが、実際のところはわかんねえな。けど地検に目をつけられているのは確かだ。相手は探偵事務所らしい。お前んとこは大丈夫だろうな」

身に覚えのないことだった。風見がそういう不正をしているとも思えない。

その時、麗子のことが頭をよぎった。逮捕・送検されれば、麗子が担当するかもしれない。それとなく訊いてみた。

「嗅ぎまわっている検事がいるんですか」

「ああ、はっきりとはわからねえが、たぶん沢木って女だ」

　思わずえっと声が出そうになった。

「沢木といえば女鬼平《おにへい》、目的のためならなんだってするって評判だからな」

　女鬼平……やり手だろうとは思っていたが、なんてインパクトだ。

「そういうわけだわ、じゃあな」

　刑事は勘定を済ませ、バーを出て行った。

　私は一人残って、しばらく飲んだ。梓紗に気付かれないようこっそりスマホで相談所『縁 Enishi』のホームページを開く。麗子のプロフィールを表示した。女性から見合いを初めて申し込まれたうれしさに頭が鈍《さ》っていたが、申し込まれたのはこの一回きりだ。確かに普通に考えれば、こんな冴えない中年に、誰が興味をもつというのだ。

　――もしかして私に近づいたのは……。

　疑念がふつふつと湧いて来る。私はそんなはずはないと強く打ち消し、グラスに口をつけた。ワイルドターキーがいつもより苦かった。

4

数日後、仕事を終えた私は、誰もいなくなった事務所に一人残っていた。

事務所はトナカイやサンタの絵だけでなく、今やよくわからないクマやイルカのぬいぐるみ、お菓子のカタログなどでごちゃごちゃしていた。明かりは点《つ》けていない。暗闇の中、仮眠室でひっそりと息を殺している。

渋谷署の事件は自分の中で決着済みだ。だが事務所に報告は上げていない。雇われ探偵失格だ。頭を占めているのは、麗子のことだった。今年いっぱいは仕事が忙しく、会う機会が作れないと言われている。クリスマス・イヴも仕事なのだそうだ。検事という特殊な職業である以上、多忙だろうと単純に信じ込んできたが、よく考えると不自然にも思う。

私を通じて警察と探偵事務所の不正を暴くために申し込んできたのではないか。

その日は帰る気にならなかった。外が白んできて、私は少しうとうとした。いつの間にか朝になっていて、風見や安田が出勤して来た。

「何だお前、泊まりか」

「所長、この事務所、何も不正なことはしていませんよね」

直接的な質問に、風見ははあ？　と口を大きく開けた。

「バカだなあ。藪《やぶ》から棒に何を言い出すかと思えば。そんなことしてたら、もっと儲《もう》かってるぞ」

なんのこっちゃという脱力ものの回答だった。

「そうですか。いえ、昔の同僚が訊いて来たので念のためです。すみません」

今日はこれから、広尾《ひろお》にある黛邸に向かう。表向きは不首尾に終わったと処理したが、新菜の父にだけは真実を話すつもりだ。私は一人で車に乗った。

広尾にある豪邸の前で車を停めた。黛邸はまるで要塞。四方を囲んだ白亜の高い壁が、威圧感たっぷりに通行人を見下ろしている。私はインターフォンに手を伸ばした。

「約束していました、黒崎です」

やがて門が開いた。

邸内には青々とした芝生が敷き詰められ、前衛芸術的な彫像が立っている。刑事時代に来たことがあるから今さら驚かないが、鹿鳴館《ろくめいかん》を思わせる洋館は相変わらず瀟洒なたたずまいだった。

「おう、久しぶりだな」

玄関の前で握手を求めて来たのは、新菜の父、そしてかつての私の上司、黛勢太郎《せいたろう》だ。

少し老けたが、トレードマークの口ひげは健在である。私は差し出された手を握った。

「娘が迷惑をかけているようだな」

勢太郎にすまんと謝られた。以前から変わらず、腰の低い人だ。

「こちらこそ、その節は……」

うまく言葉が出なかった。

「あいにくだが娘はいないよ」

「いえ、娘さんのことではないんです」

私は勢太郎に一部始終を話した。その上でどうか石岡を許してやって欲しいと頼み込んだ。さすがに無茶な願いか……だが勢太郎はゆっくりとうなずいた。

「あいつは優し過ぎたんだ」

勢太郎はカップを持ったまま、両目を閉じた。あの事件のせいで人生が狂ったにもかかわらず、恨み言の一つも言わない。

それからしばらく、石岡のことについて話した。

馬鹿な奴ですと私は石岡を責めたが、立ち直って欲しいという思いは二人とも同じだった。

一時間ほど話した後、勢太郎は立ち上がってバルコニーへ出た。庭の方を眺めている。

車の停まる音がした。誰かが車でやって来たようだ。

「あれ？　黒さんも来てたんですか」

バルコニー下の庭園から、八神が手を振っていた。直後、新菜も姿を見せた。早く来なさいと指図され、八神は従者のように付き従っていく。

「このところ、あの若いのがちょくちょく訪ねて来てるよ。いや、娘が呼びつけていると言った方がいいんだろうが」

「気に入られたようですね」

勢太郎は深くため息をついた。

「まあ、娘が勝手に熱を上げているだけで、彼にその気はないようだ。年齢も娘の方がだいぶ上だしな」

私は苦笑いを返さざるを得ない。うまくいけば逆玉だろうに、八神は何をやっているんだ。だが彼らのことはどうでもよかった。麗子に関する噂話にショックを受けながら、黛邸を後にした。

いくら悩み事があっても、仕事は待ってはくれない。

依頼された尾行調査を終え、白い息を吐き出しながら、ようやく事務所に戻った。

「おう黒崎、ご苦労さんだったな」

風見と安田が仲良く退勤するところだった。

「いやあ、今日もよく働いたな。やっぱ抹茶カフェラテには黒蜜だわ」

何の仕事をしていたんだ、と突っ込む気力もなかった。

「八神の奴はお嬢さんに頼まれて何かやってるみたいだがな」

困ったもんだと言い残して、風見は安田と去って行った。

私は事務所に一人残って、コーヒーを淹れる。

考えるのは、麗子のことだ。

彼女はどういう思いで私に近づいて来たのだろう。本当に純粋な思いなのか、あるいは私から何か情報を得たいと考えてのことかわからない。

最近、事務所でずっと張り込んでいる。欲しい情報を得たなら、麗子は私との交際をやめるだろう。続いている以上、まだ収穫がない可能性が高い。何も話していないのだから当然と言えば当然だ。そして麗子が動くのは交際期間として定められている三ヶ月以内だ。

日付をまたぐ頃、連日の疲れから、睡魔が襲って来た。私は事務所の明かりを消し、仮眠室にいたが、コツコツという音で覚醒した。誰かいる……懐中電灯を手に、静かに事務所入り口に向かう。廊下に動く人影を認めた。

「誰だ？」

人影が固まった。私は廊下に出て、その影を懐中電灯で照らす。そこにあったのは、アラフォー女性の疲れた顔だった。

「……沢木さん」

どうしてこんなところに？　私は直接的に問いかけた。

「仕事で新宿に来ていたもので」

「こんな時間に、ですか」

「あ、それは口実です。明日のクリスマス・イヴは仕事で抜けられそうにないから。黒崎さんも仕事、忙しいんですね」

「今日はたまたまですよ」

「手紙と一緒にドアの前に置いていこうと思ったんです。でも直接、会えてよかった」

小さめの紙袋を渡された。

「何がいいのかわからなくて、お店で想像しちゃった。万年筆です」

私は渡された紙袋に視線を落とす。

「そ、それじゃあ私はこれで」

麗子は踵《きびす》を返した。エレベーターではなく階段で足早に帰って行った。心の中にわだかまりがあって、呼び止めることができなかった。

プレゼントの万年筆に盗聴器が仕込んでないか調べてみたが、何もなかった。とはいえ情報を得るために、事務所に侵入しようとしていた。あるいは盗聴器を設置しようとしていた……そんなことを考えてしまう。

ドアの郵便受けには盗聴器はなかった。私は念のため、ドアの側にある傘立ての周辺も探った。

「……ん？」

何かがある。盗聴器かと思って取り上げたが、違っていた。黒革で飾り気のない手帳だ。麗子が落としていったものだろう。

使い始めたばかりなのか、まだおろしたてのようで中は白いページがほとんどだ。初めの方のページには彼女の思いがつづられていた。

――十二月一日。黒崎竜司に会った。本当はもっとうまく話して親しくなりたいのに我ながら何をやっているのだろうと思う。まあ、これからだ。

――十二月八日。今日も彼のことばかり考えている。わたし、いったいどうしてしまったのだろう。

――十二月十四日。胸のときめきが収まらない。彼のことを考えていると、仕事が手につかない。責任ある仕事をしているのにどうしよう。恋なんて……とずっと思ってきたが、この年になってこんなことになるなんて。

几帳面な文字で達筆だった。そこに書かれていたのはすべて私への思いだった。

私は窓の外に視線を移す。寒いと思っていたらいつの間にか、雪が舞っていた。

信じたくとも、難しかった。

5

クリスマス・イヴの夜。仕事を終えた私は結婚相談所『縁 Enishi』に向かっていた。雪はすでに止んで、むしろ道をべちゃべちゃにし、ロマンチックムードに水を差された格好だ。八神は彼女とデート。風見は家族サービスだ。安田だけは謎だが、みんな予定がある。

一方、麗子への疑念は強くなっていた。あの時間の訪問はどう考えても不自然だろう。プレゼントは見つかった時の言い訳だ。やはり麗子は警察と探偵事務所の関係を収賄容疑で調べているのではないか。

だが一つだけ、反対尋問に使える証拠がある。落ちていた手帳だ。まだ麗子には返していない。呼び捨てに違和感を覚えるものの、この記述……罪を暴こうとする相手に抱くものだろうか。私への思いに満ちている。わざと落としたとも考えられるが、果たしてそこまでするだろうか。

相談所に着き、受付の呼び鈴を鳴らす。すぐにまどかが迎えてくれた。

「黒崎さん、相談があるってことでしたが」

「ええ、実は……」

相談室に入ると、私は手帳を差し出した。経緯を説明すると、まどかは手帳を見つめながら、しばらく考え込んだ。

「これは本気ですよ」

まどかは真剣な顔で私を見上げた。

「黒崎さんのことを一途に思ってますね。しかもだんだん強くなっていく感じです」

「何か魂胆があって、わざと落としたという可能性は？　いや、これまでのことがあるので多少疑り深くなっていまして……」

「それはわかりません。ただ少なくとも書いた時点では本気だったでしょう。これだけ思ってくれる女性は大切にすべき……私はそう思います。ただ決めるのは黒崎さんですから、私にはそれ以上言えませんが」

「そうですか」

ありがとうございます、と礼を言って相談所を出た。

華やいだ街の中を、私はポケットに両手を突っ込みながら歩いた。

麗子の思いは本物……事務所にやって来た時は、完全にスパイ行為かと思ったが、まどかのこういうカンは侮れない。やはりこちらの誤解で、彼女は真剣に思ってくれているのかもしれない。いや、そう思わせる罠《わな》の可能性も……迷っていた時、電話がかかって来た。表示は麗子だ。

「沢木です。これから会えませんか」

思いつめたような声だった。麗子も仕事を終えたばかりだという。どうしたのだろう。

ここ新橋と検察庁は近い。

「ええ、わかりました」

三十分後に日比谷公園で会うことになった。

日比谷公園にも多くのカップルの姿があった。約束した音楽堂前にゆっくりと向かう。

麗子は心から私を思ってくれている。あるいはあくまで仕事として、悪事を暴こうと近づいて来た。真実はどっちだ？

――いや、どちらも正解かもしれない。

つまり贈収賄事件を暴くために私に近づいて来たのも正しく、私を気に入ったのも正しいということだ。もしかすると、これまでのことをすべて打ち明けるつもりなのかもしれない。私はその時、どう応じればいいのか。

音楽堂前にはすでに麗子が来ていて、私に気付くと顔を上げた。

「黒崎さん」

その顔はどこか悲しげだった。

「こんな時間にすみません。実はどうしても話しておきたいことがあって」

「何ですか」

私が問いかけると、麗子は白く大きな息を吐き出した。

「初めてお会いしてから、黒崎さんのことを素晴らしい人だって思ってきました。思い切って婚活を始めてよかったたって」

私はごくりとつばを飲み込んだ。

「ただずっと悩んできました。このことを言うべきか否かって」

言いづらそうにしている麗子を見ながら私は思った。やはり彼女は……先んずるように私が口を開いた。

「沢木さん、あなたはそこまでして、汚職を追及したかったんですか」

憐れむ目で私は麗子を見つめた。

「正直に言ってくれれば、協力したんですがね。私は何も怪しいことはしていませんし、ウチの所長も野心とは無縁ですよ。小判の入った菓子折りより、おいしい饅頭《まんじゅう》だけの菓子折りの方が有効かもしれない。ウィンドミル探偵事務所は、何もやましいところはありません。誓ってもいいです」

麗子は口を開け、目を瞬かせた。

「あの、黒崎さん……言っている意味がよくわからないんですけど」

きょとんとした麗子の顔が目の前にある。私はそれが演技には見えなかった。

「ウチの事務所の内部情報を探るため、近づいて来たんじゃないんですか」

私の問いに麗子は噴き出した。

「ああ、今噂の……まさか。そんなことするわけないじゃないですか。だいたい東京だけでいくつ探偵事務所があると思っているんです？　それに汚職問題は私の担当じゃありませんし」

そうだったのか。では今日の用件はなんだろう。急に不安になって来た。

「こういうことは本来、相談所に伝えればいいと言われたんですが、それでは自分の気持ちに納得がいかなくて。さっき言いかけたんですが、黒崎さんのこと、好きになっていたのは本当です。大好きといってもいいくらい」

思わせぶりな言い方だった。

「でも、だからこそ別の問題が浮かび上がって来たんです」

「別の問題？」

「ええ、仕事です。黒崎さんと交際していると、そのことばかり考えてしまって仕事に集中できないんです。検事はご存じの通り、多くの人の人生を左右する責任を負っています。そんな心理で仕事に臨んでいいのかって……」

そういえば手帳には、仕事に集中できないという悩みが綴《つづ》られていた。

「ずっと悩んできました。黒崎さんは素晴らしい人。でも結婚したら、今よりもっと仕事ができなくなる。私、本当に不器用で……この間も妙な行動を起こしてしまって、黒崎さん、変に思われたでしょう。で、結婚か仕事か悩みぬいて、ようやく決断したんです。私は一生、この仕事をやっていきたいって」

深々と頭を下げた彼女に、私はかける言葉が何も見つからなかった。

「黒崎さん、本当にごめんなさい」

断られたことに悔しさはある。しかもそんな理由、フラれたんだかそうでないのかわからず、心が行き場を見失っている。だが捜査のために近づいて来たのではなかったこと、こうして面と向かって話してくれたことに、どこか満足していた。

麗子はすでに退会手続きを済ませたらしい。念押しのように、もう一度、すみませんと頭を下げた。婚活を始めてからずっと思う。彼女のことを手に入れたいなら、ここで強く言うべきだと。君が必要なんだ。必ず幸せにすると。だが無理だった。愛してると強く言うことが出来ない。そこまでのエネルギーが私にはない。交際期間中に疑うことに力を割いて、愛情を育てることを怠ってしまった。出来たのは手帳のことを思い出すことだけだった。

「これ、返しておきますよ」

私は黒革の手帳を差し出した。だが麗子は開いてしばらく見ると、首を横に振った。

「これ、私のじゃありませんよ」

「え……そんなはずないでしょう。この前、事務所で」

「いえ、私そんなに達筆じゃありませんし」

ほら、とばかりに麗子は自分の手帳をバッグから取り出し、開いて見せた。そこには敏腕検事とは思えない丸っこい文字が並んでいる。まるでどこかのおバカな女子高生が書いたような文字だ。

「黒崎さん、私のほかにも婚活相手がいたんですね」

「いや、ちが……」

「それじゃあ、黒崎さん」

手を振る麗子に、私も力なく手を振って応じた。私が罪を犯し逮捕でもされない限り、もう二度と会うことはないだろう。最後におかしな誤解を受けたが、まあいい。飲んで忘れるしかないか。酒に逃避すべく、新宿に向かった。

残念な気持ち以上に、頭にあったのは一つの疑問だ。手帳の件について麗子が嘘をついているとはとても思えなかった。

——恥ずかしさのあまり、嘘をついたって感じじゃなかったもんな。じゃあこれは誰のものだ？

事務所の前に落とす人物など限られている。しかも私を思っている女性などさらに稀《まれ》。

まさか安田さん……思い浮かべた途端、私はプルプルと細かく首を左右に振った。

新宿に着くと、バーに向かう前に一旦、事務所に戻った。見なかったことにして、この手帳を元に戻しておこうと思ったのだ。

事務所にはまだ明かりがついていた。

動く影がある。こんな時間に誰だ？　一瞬、麗子のことが頭をよぎったが、ドアを開けた拍子に振り向いたのは、茶髪にサングラスを載せた男だった。

「……どうした？」

八神はビクッとして、振り返った。

「何だ黒さんか。イヴなのに俺、何やってんだか」

彼女とは別れたらしい。ともかく八神は運悪く寂しいクリスマス・イヴのようだ。クリスマス・イヴを絶滅させる会に入会するかと内心ほくそ笑む。

「それで何をやっているんだ？」

「いえね、例のお嬢様がしつこく電話してきまして。言われた仕事はまだかってうるさいんすよ。くだらないことなのに」

そういえば八神は新菜から断れない依頼を受けたんだったな。

「どんなことを頼まれたんだ？」

「いやー、手帳捜しっすよ。十日くらい前から手帳がないそうなんです。もし見つけても絶対見るな。中身を見たら、殺しますわよって穏やかに脅されているんです。心当たりを捜してもないから、この前、事務所に来た時に落としたんじゃないかなって思って捜してたんすよ」

そんなことか。あの時は風見が事務所の飾り付けをしていたし、落としたらどこかに紛れ込んだ可能性もある。本当にくだらないこと……いや、ちょっと待て。

私は手帳をポケットの中でつまんだ。

「黒さん、知ってるんですか」

「い、いや、知らん」

思わず否定してしまった。

「そうすか。まあ、ああ見えて彼女、素直に自分の気持ちを言えないって可愛いところもありましてね。あ、誤解しないでくださいよ。俺は気がないっすから。だいたい向こうも、年下には興味ないそうですし。全くなんだっつーの。お嬢様の気まぐれにはマジ困っちゃいますね」

私はそうだなと小さく漏らすと背を向けた。

「ホント何が悲しくて、イヴに他人の手帳なんぞ捜さないといけないんですかねえ」

私は逃げるように事務所を出た。バーに寄るつもりだったのに、そのまま電車に乗る。端の席でこっそりともう一度手帳を開いた。

この手帳の記述は十四日、新菜が事務所に来た前日で止まっている。よく考えてみると、麗子のものにしてはおかしい部分はある。そうだ、いくらメモ帳とはいえ、麗子が私のことを呼び捨てにしている点だ。最初の記述が見合いの日だったので麗子のものと疑わなかったが、パーティーも同じ日だった。どう考えてもあの手帳の主は新菜だ。

まさか新菜は私のことをずっと……ありえないと打ち消す。だが窓ガラスに映った私の頰は、飲んでもいないのに赤かった。

第6話　二人の女

1

男にとって最も大切なことは何か。

タフであることだと私は思っている。思い起こせば去年も多くの依頼を解決して来た。この前は刑事を辞めるきっかけとなった過去にも決着をつけた。だが戦士には休息も必要だ。正月休み、私を乗せた単線列車は山奥へと進んで行く。三年ぶりの帰省だ。

駅に降りると、改札の向こうで痩せた白髪の男が手を上げた。

「よう、竜司」

三年ぶりに会う父、黒崎幸平《こうへい》は元警察官だ。私と違って刑事ではなく、駐在をしている時期が長かった。

「ついて来い」

駐車場へと歩く父の背を見つめながら、こんなに小柄だったかと思った。元々大柄ではない父だが、その背は子供の頃にはとてつもなく大きなものに思えたものだ。

車の後部座席には父よりも大きな、母の洋子《ようこ》が険しい顔で乗っていた。不機嫌そうだが、元々こういう顔なのだ。助手席が荷物でふさがっていたので、私は母の隣に腰かける。母も元警察官で、明らかに私は父より母の遺伝子を濃く受け継いでいる。母の髪の根元は白く、父と同じように三年前よりも歳をとっていた。

「竜司、仕事は順調なの？」

栄養ドリンクを渡された。寝不足ではあるが、家に着いたらメシを食ってぐうたらするだけだろうに。まあ、のども乾いているし、せっかくなのでプルタブを引いた。

「警察とは違って、給料とかも安定していないいんでしょ？」

「何とかやってる」

「こっちに戻って来て働かない？」

三年も帰らなかったからなのか、母は食い下がってきた。

「タフでなければ生きていけない……だろ？」

運転席の父がふんと鼻を鳴らした。この言葉は父の口癖だった。後にこれがフィリップ・マーロウの名言であると教えてくれたのは、婚活で会った翻訳小説好きの女性だ。

「心配させてすまないが、まあ大丈夫だ。平均年収程度はもらっている。それより二人そろって出迎えとは珍しいな」

去年は婚活という意味でもタフな一年だった。数々の失敗を経てきたが、負けてはいられない。タフでなければ婚活できない……というところか。二人は想像すらできまい。私が婚活戦士としてベテランの域に達しつつあることを。

「結婚する気ない？」

心の中を見透かしたような母の問いに、ドリンクを噴き出しそうになった。

「実はな……縁談があるんだよ」

父は車を停めると、後ろを振り返り写真を差し出した。野点傘《のだてがさ》の下、演歌歌手のように化粧の濃い女性が着物姿で微笑んでいた。

「江田孝子《えだたかこ》さんだ。農協の所長さんの話によると、真面目な子らしい」

父の説明によると、彼女は三十五歳で農協に勤めている。正直なところ、男性的な印象であまりタイプではなかった。断ろうと思った時、母が口を開いた。

「これから早速だけど、会ってくれる？」

「はあ？」

自宅に向かうにはおかしなルートを通っていると思ったが、何だこれは……。まるで拉致ではないか。

「十一時二十一分。被疑者を確保、これから連行します」

母は左手を無線機に見立てつつ、太い右腕を私の腕に絡めた。

「あのなあ」

「いいお嬢さんじゃないの。とりあえず、会うだけでも会ってよ」

ため息がこぼれた。

「まあ、オレも正直、孫の顔くらい見て死んでいきたいもんだしな。気ままな独身暮らしもいいかもしれんが、後から悔やんでもしらんぞ」

父の言葉に私は口を閉ざした。結婚したくてどれだけ努力していると思っているんだ。私のやり方でやるから放っておいて欲しい。

「第一、こんなことになるなんて思いもしないし、汚い格好だぞ」

「大丈夫よ」

母は足元にあるケースを開けた。黒っぽいスーツが入っている。ご丁寧にひげ剃りやくしなども入っていた。やれやれ。周到な拉致計画だったようだ。あっけに取られていたが、二人の老いた顔を見ていると、スパイ映画のように車から飛び降りて逃げ出すわけにはいかなかった。

連行された先は、この辺りでは珍しい料亭だった。

「それじゃあ、頑張って」

両親は私を送り届けると、そのまま帰って行った。置き去りにされた私はスーツにそ

で を通し、予約済みの個室に足を運ぶ。靴を脱いで上がると、座敷には着物姿の女性が既に座っていた。仲人もおらず、勝手にやれということらしい。

「黒崎です。初めまして」

江田孝子は頭を下げた。実物もあの写真と変わらない。失礼ながらイースター島の石像が女性用かつらをかぶったような印象を受けた。まあ、私とて人のことをとやかく言える顔ではないが。

「農協で働かれていると聞きました」

「……はあ」

私は日頃の成果でとりあえずの言葉は出てくる。一方、孝子は緊張しているのか、まともに目を合わせようとしなかった。

「ご趣味は?」

「いえ、これと言って特に」

「巣鴨のアパートに住んでいるんですが、近くの公園にさび猫がいましてねえ。よく語り合うんですよ」

「……そうですか」

反応もよろしくない。私と同じで、親に言われて気乗りしないまま連れてこられたのだろうか。それからしばらく話をしたが、決して盛り上がることなく、拷問のような時間が流れた。

――駄目だこりゃ。

次々と料理が運ばれてきたが、美味しいですねと言い合う程度で、見合いは寡黙な料理評論家二人による品評会へと姿を変えていった。

「今日はありがとうございました」

彼女と別れると、歩いて実家に戻ることにした。内心、少しだけホッとしている。最初から気が進まなかったこともあるが、親がからんでいる手前、相手が乗り気だと断りづらいからだ。しかし彼女の方もあまりやる気がなかったようだし、これなら断っても相手が傷つくことはない。

のどかな田園風景が広がる中を、ゆっくりと歩いた。昔は何もないところだったが、住宅も増え、メインの道路にはいくつか飲食店も出来ていた。統廃合が進んで今はなくなったが、近くにはかつて通っていた小学校があった。川の近くでは、子供たちが遊んでいた。この川ではよく鮒《ふな》を獲って遊んだ。マムシが川を泳いでいて驚いたこともある。

川の傍にある小さな一軒家を見つめた。表札には「吉岡《よしおか》」と書かれている。ただ今は誰も住んでいないようだ。

堤防には赤いヤブツバキが咲いていた。

あの頃と一緒だなと少しノスタルジックな気分に浸っていると、いがぐり頭の少年が走って来た。私はあんぐりと口を開けた。その少年の顔が鶴岡信雄《つるおかのぶお》という同級生にそっくりだったからだ。まるで小学生の頃にタイムスリップしたかのようだ。

「あれ？　クロちゃんか」

後ろから声が聞こえたので振り返ると、そこにはさっきの少年を三十歳ほど老けさせた顔があった。

「やっぱそうだ。久しぶりだな」

私は目の前の鶴岡信雄と、少年を交互に指さした。

「ああ、あれは俺の子だ。正月で久しぶりに帰省したんでな。クロちゃんも正月の帰省だろ」

「まあ、そうだな」

堤防近くには車が停まっていて、信雄の奥さんらしき人の姿も見えた。

「それよりクロちゃん、噂は聞いたぞ。東京で刑事になって、活躍してるらしいな」

「警察は辞めた。今は探偵だ」

「そうなのか。でもそっちの方がすげえや。ハードボイルドじゃん。夢をかなえたんだ。うらやましいよ」

夢というほどのものではなかったが、信雄とはよくこの辺りで刑事ごっこをして遊んだ。そしてもう一人……。

「加奈《かな》ちゃんも生きていたら、すごいって驚いてただろうな」

一軒家を見つめる信雄につられてそちらを見た。小学生の頃、ここには吉岡加奈子という少女が住んでいて、三人でよく一緒に遊んだものだ。生まれつき心臓に病気があって、中学二年の時に帰らぬ人となったが、信雄とは彼女をどちらがお嫁さんにするかでよくケンカした。男らしい人が好き……加奈子はよくそう言っていた。

「完全に俺の負けだ。やっぱ加奈ちゃんにはクロちゃんの方がふさわしかったな」

探偵だからと言って男らしいとも限るまい。私は苦笑しながら仕事の話をした。信雄は息子が今度中学受験で大変だと愚痴った。

三十分ほどして、堤防の方から声が聞こえた。さっきのいがぐり頭がお父さん！　と信雄を呼んでいる。

「さてと、じゃあ行くわ」

「ああ」

信雄は車に戻っていった。私はしばらく一人、たたずんでいた。信雄は私のことを羨《うらや》ましがっていたが、こちらからすれば逆だ。彼は立派に家族をもっているのだから。私はどんなに婚活を頑張っても一生独り身かもしれない。信雄の言っていた「平凡」があまりにも遠い。

堤防の方を振り向くと、赤いヤブツバキが少しだけ風に揺れていた。

休息は束の間だった。

仕事を終え、新宿の事務所に戻る途中、運転席ではハンドルを握りながら、八神が舟をこいでいた。無理もない。私が休んでいたここ数日、不眠不休で頑張っていたらしい。

「後部座席で休め、運転する」

「いえ、大丈夫っす」

「代われ。事故でも起こされたらかなわん」

「すみ……ません」

後部座席に移った八神は上体を横にして、泥のように眠り始めた。いうまでもなく、探偵はタフな仕事だ。張り込みではカメラを持ちつつ何時間も待機せねばならない一方、尾行調査などでは逆にずっと休まず動く必要がある。チャラい男だが、こいつはよくやっている。私は車に積んである毛布を八神にかけてやった。

「黒さん、すみません」

「起きていたのか」

「いえ、すげえ眠いっす。けど探偵になってから、何かあったらいつでもすぐに起きれるようにって思ってるし、反応しちまって」

八神はここに来てよかったと口にした。

「黒さんはやっぱすげえや。タフなだけでなく優しいもんな」

事務所で少し仕事をした後、電車で帰った。タフでありながら優しい……仮にそれが本当でも、婚活は厳しい。先日の見合いもうまくいかなかった。

自宅に着いたところで、携帯に連絡が入った。結婚相談所『縁 Enishi』のアドバイザー、城戸まどかからだ。

「黒崎さん、おめでとうございます」

新年の挨拶かと思い、おめでとうございますと返した。

「ああ、そうじゃなくてですね、この前黒崎さんが申し込んだ人の中で、お見合い受けてくれた人がいるんですよ」

新年早々、幸先《さいさき》のいいことだ。私は自宅のパソコンにIDとパスワードを入力し、相手の女性を確認する。二十九歳と若く、なかなか可愛らしい女性だった。

「黒崎さん、今年こそ決めちゃいましょうね」

「ええ、そのつもりです」

不意に父の言葉が浮かんだ。

――まあ、オレも正直、孫の顔くらい見て死んでいきたいもんだしな。

先の縁談はダメだったが、年老いた両親のためにも何とか頑張ろうと私は心に誓った。

待ち合わせ場所は、浅草《あさくさ》にあるホテルのラウンジだった。

正月休みが明けたばかりだからか人が多い。エレベーターに乗ると、マッケンサンバを口ずさむおばさんがいた。ひょっとして相談所のエレベーターで、よく鉢合わせする人かと思ったが、まさかな……ラウンジには多くの婚活中と思しき男女の姿があった。

「黒崎さん、こっちです」

まどかが手を上げた。私は椅子に座ると、見合い相手のプロフィールについて簡単にレクチャーを受けた。

「お相手ですけど、高野絵摩《たかのえま》さんといって、飲食店で接客業をしています。趣味はネイルアート。正月だけに絵摩って洒落てますけど、なかなかに可愛らしい方ですね」

写真ではそう見えるが実物はわからないし、何より自分との共通点がないのが気にかかる。

「あ、黒崎さん、共通点がなくて困ったたって顔してますね。でもそういう時にもやり方はいくらでもあるんです。わかりますか」

「聞き役に回るってことですか」

「そうです。さすがですね。女の子は基本、話したがり屋が多いですから、ちゃんと聞くことによって、印象はよくなります」

「でも城戸さん、黙って聞くだけじゃなく、相槌を打ったり褒めたりすることも重要ですよね？」

まどかはウィンクしながら私を指さした。

「そうなんです。お相手からすれば安心して話がしやすくなるし、あ、この人、私に興味があるんだ……って好感をもってもらえますから。ところで、今日は椅子の座り方もいいですね」

私は頭を掻《か》いた。婚活初心者の頃は深く腰掛けてしまって、まどかに注意された。腰を浮かし気味に前傾姿勢で座る方が相手にやる気が伝わるらしい。褒められたものの、いつの間にかベテラン婚活マンになってしまったなと少し複雑な思いだ。

それはともかく、どうもさっきからマツケンサンバが頭の中に残っていて落ち着かない。おばさんが歌っていたせいだ。余計なことを、と思った時、老人がこちらに会釈した。仲人の山上さんだ。遅れて黒いワンピースに身を包んだ女性がやって来た。手足が長くモデルのような体形で小顔、リスのようなつぶらな瞳。ウェーブのかかった長い髪が胸元まで垂れていて、その先に花のブローチがあった。横でまどかがすごくかわいい方ですねとつぶやいた。

「黒崎です。よろしくお願いします」

私は立ち上がって、深々と頭を下げた。

「高野です。こちらこそよろしくお願い……あっ！」

お辞儀をした時、高野絵摩の胸元についていたブローチが取れた。彼女は拾い上げると、もう一度頭を下げたが、また外れて同じことを繰り返した。

「すみません。うーん、何やってんだろ、わたし」

絵摩はテヘと舌を出した。

「見た目と違って、ドジっ子なんですね」

まどかの突っ込みに、全員から笑いが漏れた。だが私のそれは苦笑いだ。思わぬピンチに陥っていたからだ。絵摩の胸元の豊満なふくらみにある小さなホクロを見てから、下半身が暴れん坊将軍になっていた。私は前かがみになって誤魔化していたが、不自然で怪しまれそうだ。

「さて、立ち話もなんですので、座って何か注文しましょう」

山上の言葉が、脳内で「勃ち話」に変換されると同時に神の声に聞こえた。私はホッとして誰よりも早く着席した。

「じゃあ、刑事さんだったんですね」

「ええ、恥ずかしながら」

「すごーい！　かっこいい」

絵摩はよくしゃべる女性だった。接客業というだけあって、人見知りしない様子だ。

最初は仲人が中心になって会話をリードしていくことが多いが、その必要もなさそうだというように、山上とまどかは顔を見合わせ、早々に席を立った。

――それにしても、エロカワすぎだろ。

絵摩は決して完璧な美人というわけではない。しかし愛嬌があって、無邪気に向けてくるつぶらな瞳がたまらなく愛らしいのだ。これが典型的な男好きする女性というのだろう。女子アナにでもなれば、人気爆発間違いなしだ。

「え、じゃあ猫が好きなんですか」

いまや定番ともなった公園さび猫の話をしたら食いつきがよく、見せて見せてというので撮影した写真を見せてやった。

「ううん、ふてぶてしくて可愛い！」

絵摩は招き猫のような恰好をした。

一方、私の股間の暴れん坊将軍は言うことを聞かない。静まれ、静まれとムチで白馬ではなくこの暴れん坊を叩きたい気分だ。それでもマツケンサンバを歌っていたおばさんを思い出すことで、かろうじて熱い猛《たけ》りを収めた。

あっという間に時間が経過し、見合いは終始、盛り上がったまま終わった。

「黒崎さん、今日はありがとうございました。楽しかったです。それじゃあ、また」

「こちらこそ、楽しかったです」

嬉し恥ずかしの危機はあったが、非常にいい雰囲気で見合いは終わった。「楽しかった」「また」というポジティブワードもあるので、おそらく大丈夫だろう。だが油断は禁物だ。気を付けなければいけないのはビジネストーク。にこにこしながら容赦なくバッサリということも多々あるからだ。ましてや彼女は接客業、油断ならぬ。

だがそれは杞憂に終わった。アパートに着いた時にまどかから連絡があって、早速交際ＯＫの返事が来たのだ。

「よかったですね。じゃあさっそく、彼女の連絡先を送ります」

しばらく興奮は冷めやらなかった。最近、加齢のせいか性欲が落ちた気がしていたが、絵摩のエロカワぶりにはノックアウトされた。今年はいい年になるのかもしれない。

風呂から出ると、携帯に着信があった。登録していない番号だったが、誰からのものであるかは容易に想像がついた。

「こんばんは。お見合い、ありがとうございました」

ファーストコールは男性から入れるというルールがあるのに、絵摩はやる気満々だ。

「こちらこそ、ありがとうございます。本当に楽しかったですよ」

「よかった……そ、それではよろしくお願いします」

舞い上がったまま通話を切った後、違和感が残った。何となく声が違うような……そう思っていると、ピンコンという音が聞こえ、ＬＩＮＥにメッセージが送られてきた。

――改めましてLINEで失礼します。この前のお見合いの時は全然うまく話せなくて、黒崎さんに断られても仕方ないなって思ってました。だからさっき、楽しかったって言ってもらえて、涙が出るくらい嬉しかったです。それではこれから、よろしくお願いしまーす☆

そこにあったのは、サツマイモを掲げる農協職員、江田孝子の顔だった。私はしばらく声を失い、石像のように立ち尽くすしかなかった。

2

こめかみに拳銃を突きつけられても、平然とタバコをふかすような男でありたい。ずっとそう思ってきた。実際、仕事では何度も命の危機に直面したが、何とかしのいでここにいる。だが危機には色々な種類があるものだ。

絵摩との見合いから数日後、運転席の八神が不満げに口を尖《とが》らせた。

「ううん、あの女、不倫してると思ったんだけどな。教授はよく研修で海外に行ってるらしいですし、間男が絶対いますよ」

依頼人の教授不在時、妻が若い男と会っているという情報が複数あったが、決定的な証拠はつかめなかった。それだけではなく、男と密会していたと思われた日、彼女と一緒にいたという友人女性の証言があったのだ。

「でも証人がいちゃあ、厳しいっすね」

「いや、まだわからん」

というより、口裏合わせをしている可能性が高いと私は睨んでいる。仮にそうなら、逆に不倫は確定的になるわけで、今度はあの友人の女を徹底的に調べるべきだ。だがこのイライラの原因は仕事ではなかった。

――くそ、オヤジめ。

江田孝子との見合い話は終わったと思い込んでいたが、私にどうしても結婚させたい父が、私の意向を無視して勝手に交際ＯＫの返事をして連絡先を伝えてしまったのだ。しかもあの電話で私は孝子を絵摩と勘違いして、期待をもたせるようなことを言ってしまった。ミスをした私の責任もある。本当に何をやっているのだろう。まあ、今更悔やんでも仕方ない。

やがて車は新宿の事務所に着いた。二階に上がると、事務所の床には大きな半紙が広げられていた。

「所長、何やってんですか」

八神は両手を腰に当ててた。

「はあ？　見てわからんか」

振り返った風見の顔には、羽根突きで負けたように墨が塗られていた。口ひげに見え、どこのポワロですかと突っ込みたくなった。

「書き初めだよ。ほれ、用意してあるからお前たちも今年の目標を書け」

ため息混じりに八神は筆をとった。「デキる男」と書かれている。私の目標は文句なく結婚の二文字だったが書けるはずもなく、不惜身命《ふしゃくしんみょう》と横綱昇進の口上のようなことを書いた。風見の目標はスイーツ世界制覇とまるで仕事とは関係ない。

まあ、それより問題は婚活だ。あれから連絡を取って、絵摩とは十五日の晩、食事デートの約束をした。いい店を見つけて連絡すると言っておいた。こういう時に頼りになるのが、風見メモだ。ネットの口コミで評判の店は実際行ってみて話が違うとがっかりすることもあるが、風見は穴場的なうまい店をよく知っている。安田の視線に気を付けつつ、私はメモを覗き見る。絵摩の自宅から電車一本ですっと行けて隠れ家的なところ……どうやら『ボヌール江戸川』という店がよさそうだ。

車に駆け込んだ私は、さっそく『ボヌール江戸川』に電話をかける。十五日はまだ二席空いているらしい。

「午後六時からと、午後八時からでしたらお席をご用意できますが、どちらになさいますか」

八時からでは遅すぎるだろうと思い、私は六時で予約した。よし、絵摩に連絡しておこう。

——こんばんは。十五日の晩ですが、市川《いちかわ》にある『ボヌール江戸川』というお店がよさそうです。ステーキが美味しいと評判です。アレルギーとか大丈夫ですよね☺

一仕事終えてホッとした時、LINEの画面上部に違和感を覚えた。

「げえっ！」

そこにあった文字は、Takako Emaではなく、Takako Edaだった。しまった……絵摩に送るつもりで、孝子に送信してしまった。く……紛らわしすぎる。だが言い訳はできない。既に送ってしまった以上、取り消すことも無理。なんてことだ。しかも十五日の晩というのが決定事項であるかのような書き方なので、孝子は不審に思うだろう。田舎から東京へ日にち指定で呼びつけるなんて酷い奴だと思うかもしれない。

まあ、本命は絵摩の方だ。孝子とは破綻した方がむしろいい。とはいえむげに扱っても父にも迷惑をかける。どうしたものか。よし、夜は予約が取れなかったと嘘をついて孝子の方はランチに変更するか。昼夜連続ではつらいが、やむを得ない。そう腹を決めた時、孝子から返事が来た。

——こんばんは。十五日の夜ですか？　誘ってくれてとてもうれしい！　ちょうどその日、休みをとって東京へ行く用事があってお昼だと厳しかったですけどディナーなら全然大丈夫ですよ。『ボヌール江戸川』って、グルメ番組で見たことあるので、本当に

楽しみでーす♪

く……怪しまれた雰囲気はないが、この期待値ではランチに変更することも別の日にずらすこともできない。とはいえ、本命である絵摩の方を変更することなど不可能だ。完全にダブルブッキングしてしまった。どうする？　送信済みのＬＩＮＥを見つめながら私は知恵を絞り、もう一度『ボヌール江戸川』に連絡を入れた。

「先ほど予約した黒崎ですが」

「ああ、はい。どうされました？」

「……あの、八時からのコースも予約願います」

「は？　はあ」

窮地で思いついた私の策は、必殺の夕食二度食いだった。

当日の夜、私は市川にある『ボヌール江戸川』に足を運んだ。

午後五時五十三分。六時からコースをとり、さらに八時からもコースを始める。この危機を乗り切る方法はこれくらいしか思いつかなかった。

本命である絵摩を中心に考えるしかない。最初は時間無制限の八時からにしようと思ったが、そんなに遅いスタートでは彼女に負担をかけると判断して絵摩の方を先にした。

問題はリミットだ。きっちり二時間で終わらせられるか……孝子が早く来ることもあるし、できれば七時半くらいで終わりにしたい。絵摩と別れて店に戻る自然な方法もここで考えとかないと。いや、そんなに早く切り上げては、やる気がないと絵摩に思われかねない。くそ、二股なんてかけるもんじゃないな。

「いらっしゃいませ」

悩んでいると、店の扉が開き、男性客の視線が集中した。そこには白いコートにチェックのスカート、ファッションモデルのような女性がいた。絵摩は細長い腕を前方に伸ばして可愛らしく手を振ると、私の方に小刻みな足取りで向かって来た。

「素敵なお店ですねえ」

「ええ、いい感じです」

席に腰かけた絵摩は、何にしようかなとメニューを手にした。しばらく考えてから笑顔を見せた。

「うーん、困ったらオススメだあ」

「はは、僕もそうですよ」

季節のコース料理を注文する。さすがに風見推薦の店だけあって、料理は見事なものだった。しかし時間ばかりが気になって、食事に集中できない。話に花が咲くのは歓迎すべきことではあるが、時間がおしてしまえば、次の予定が狂ってしまう。

「うわ、すごーい」

やがてステーキが運ばれてきた。噂通りボリュームがあって、美味しそうだ。絵摩は「暑い」と上に来ていたカーディガンを脱いで薄着になった。

話は私の刑事時代の話に向いた。

「じゃあ黒崎さんって、刑事ドラマの影響で刑事になったんですか」

「まあ、そうです」

私は肉を咀嚼《そしゃく》しながら、目のやり場に困った。薄手のニット越しに胸の形がはっきりとわかる。とろんとした目元、うなじ、つややかな唇、腰のくびれにいたるまですべてがエロカワだった。

「わたしも刑事もの大好き。特にあぶない刑事《デカ》が好きだったんですよ」

世代的に違う気がするが、親が全話録画してあったのを見たらしい。こちとら股間がずっとあぶないデカだ。

「拳銃とか撃ったりしました?」

絵摩はフォークを銃口に見立てて、吹き消す格好をした。

「まあ、練習はしますよ」

「外で撃ちたくなったりしません? あ、でもそれだとリアルに危ないデカになっちゃいますね」

絵摩は笑い転げていた。一方、テーブル下で張り込んでいるあぶないデカは、発砲したくて悲鳴を上げていた。中条静夫《ちゅうじょうしずお》にバカモン！　と一喝してもらいたいものだ。

あっという間に七時半を過ぎた。盛り上がっているこの状況を、ぶった切ることなどできない。こうなったらやむを得ない。孝子にはドタキャンのメールを打つしかないだろう。元々こんな計画に無理があったのだ。

「それでですね……」

話しかけた絵摩をスマホの振動が遮った。絵摩はスマホを手にすると、すぐに席を立った。私はしばらく待っていたが、やがて青ざめた顔で絵摩が戻って来た。

「すみません、黒崎さん……実は尾道《おのみち》の実家から連絡があって。父が急病なので戻らないといけなくなりました」

「えっ、そうなんですか。それはすぐに行った方がいい」

「すみません。本当に」

絵摩は去って行った。時刻は七時四十七分。ベストなタイミングで一人になってホッとしたが、それ以上に複雑な思いだった。父が急病？　どうも言い訳臭い。ひょっとして、私がそうしているように彼女も二股をかけているのか。しかも食事を中止するというのは、私ではなくもう一方の方に気があるということだ。

沈んだ気持ちのまま、私は一度精算を済ませ、もう一つの予約席に移動して江田孝子を待った。ニキビ面の店員が首をひねっていた。

「こんばんは」

あぶねぇ。五分もしないうちに孝子は現れた。今日はさすがに着物ではなく田舎娘ですがおしゃれ頑張っちゃいましたという装いだ。メニューを見ながら、孝子はニコニコしていた。

「うわー、どれもすごくおいしそう。お腹すいちゃって」

「これなんてヘルシーで良さそうですけどね」

量が少なめなのと出費を抑えたかったので、一番安いヘルシーコースを薦めた。だが孝子はせっかくなのでとボリュームのあるさっきと同じコースを注文した。おいおい腹いっぱいなんだよ、勘弁してくれ。

「お仕事は大変ですか」

「いえ、忙しい時もあるんですけど、探偵さんなんかよりはずっと楽だと思いますよ」

前とは違って、明るく話しやすかった。一方私の方はというと、正直なところ、絵摩への疑惑が浮かんで心ここにあらずだった。

「休みとかは何されているんです?」

腑抜けのような質問だ。前回も訊いたかもしれない。

「特技って程ではないんですけど、お菓子を作ることが多いです。農家の方が作った野菜を使ったゼリーとか。あ、これ……よろしければ……」

孝子は小さな箱を取り出した。私のためにクッキーを焼いてきてくれたようだ。

「ニンジンやチョコレートを使って、色付けしてみたんですけど、あまりうまくできなくて」

そこには猫の形をしたクッキーがあった。赤茶色っぽい部分はニンジンを使っているらしく、チョコレートの黒とのコントラストがさび猫に見える。そういえば最初会った時にさび猫の話をした。食いつきが悪かったのですぐに引っ込めたが、彼女は覚えていてくれたのか。

「うーん、美味しかった！　さすが黒崎さんが選んだお店ですね」

「僕もお腹いっぱいですよ」

ニキビ面の店員がそりゃそうだろうという笑みを送っていた。ただ前の見合いと違って終始、和やかな雰囲気だった。ごちそうすると言っても、孝子は半分払うと言ってきかなかった。

「それじゃあ、黒崎さん。今日は本当に楽しかったです」

孝子とは遅くならない内に別れた。直ぐにLINEが来て、ありがとうとお礼が書かれていた。

電車に揺られながら、私は二人の女性のことを考えた。この近くに住んでいる絵摩とは違って、孝子は今から田舎の実家まで帰っていく。明日朝から仕事なのに文句の一つも言わずに。一方、絵摩はあれからも連絡がない。本当に急用だったとしても移動中、連絡をよこす余裕くらいあるだろうに……。

——私は何をやっているんだろう。

意図してやったわけではないが、二股をかけた状態で二人の女性を選別した。孝子よりも絵摩を上に置いた。その理由ははっきり言って容姿だ。男なら当然かもしれないが、もっと内面で女性を見るべきではないか。結婚相手で本当に大切なのは、一生支え合える人だ。

孝子にもらったクッキーを取り出して、軽くかじった。一生懸命作ったことが伝わってくる。苦みと甘みが溶け合って、どこか温かい味がした。

3

仕事を終えた私は、相談所に向かった。

かけもちデートの日以降、孝子からは何度もＬＩＮＥが来るようになった。彼女はいつも私に寄り添うように気を遣ってくれる。一方、絵摩とも二十二日にもう一度会った。父親の病気は大事には至らなかったそうで、翌十七日には東京に戻ったらしい。尾道へ行ったお土産としてさび猫のキーホルダーを買ってきてくれた。

――どうすりゃいいんだよ。

あれからLINEを間違えないよう、気を遣っている。二股というのはつらいものだ。

こうして相談所に向かっているのは、二股状態で困っていると、まどかに打ち明けようと思ったからだ。タフでありたいと思って生きてきたのに、思わぬ形で自分は優柔不断で人を見た目で判断するちんけな人間であると思い知らされた。

エレベーターで五階に上がってドアを開けると、いきなり大声が聞こえた。

「おい！　話が違うぞ」

低い衝立《ついたて》の向こうで、男性が怒鳴っている。相手はまどかのようで、別の女性アドバイザーが小声で耳打ちしてきた。

「黒崎さん、すみませんね。城戸は今、立て込んでいまして」

耳を澄ますまでもなく、男性の話し声が全て聞こえてきた。男性はベンチャーで成功を収めた金持ちで、まだ三十代なのに年収は億を超えるらしい。しかしどうやら交際中の相手から断られたようだ。

「城戸さん、あんた言ったよな？　うまくいくだろうって」

ヒルズ男は立ち上がった。大柄な上に鍛えているようで、かなりガタイがいい。顔もイケメンの部類だろう。さっきまでの話から推察すると、彼の態度があまりにも高慢なため、相手の女性に断わられたようだ。

「まあいい。責任とってもらうだけだ」

「責任……ですか」

「ああ、そうだ。俺がこんなしけた相談所に入会した理由は、あんただ。こんな仕事なんてやめろ。俺が一生、面倒見てやるから」

「離してください」

ヒルズ男の大声が聞こえる。私は思わず駆け寄り、ヒルズ男の肩に手をかけた。

「なんだ、おい」

ヒルズ男は振り返ると、睨みつけてきた。

「ふん、女の前で恰好つけたいのか？　いい歳のくせに婚活なんてして」

恥ずかしくないのかという問いに、私は口ごもった。

「あんた、年収はいくらだ？」

「……五百万ほどだ」

「その年齢で？　まあ、婚活したきゃ勝手にやればいいが、無意味だわな。こういう婚活ビジネスに踊らされ、カモにされてるんだよ」

ヒルズ男は鼻で笑うと、私を指さした。

「あんたみたいな貧乏オヤジがものにできるのはせいぜい、どうしようもない不細工か遊びまくっていた女だけだ。それは婚活じゃない。俺たち勝ち組の残飯処理、女どもの生活保護だ」

　まるで遠慮のない、ヒルズ男の汚い言葉は、私の心にグサッと刺さった。ヒルズ男はそれを見てにやりとして、まどかの肩をつかんだ。私が制止しようとすると、こぶしが飛んできた。壁に血が飛び、まどかの悲鳴が響く。私は顔面を殴られたが、倒れはしない。こいつもジムかなんかで鍛えているようだが、所詮は素人のこぶしだ。私は殴り返すこぶしを途中で止め、ヒルズ男を睨みつけた。タフでなければ、婚活できない……それはその通りだが、それだけではだめだ。優しくなければ、婚活する資格がない。

　私は親指で鼻血をぬぐった。ヒルズ男は青ざめた顔になった。まどかは大きく目を開いている。

「恰好つけやがって、貧乏オヤジが」

　捨て台詞《ぜりふ》を吐いて、ヒルズ男は非常階段を駆け降りていった。さすがに少しは恥ずかしいと思ったのだろう。

「本当に何といえば……」

　まどかがティッシュで私の鼻血をぬぐってくれた。すみませんの言葉を繰り返している。それにしてもせっかく相談に来たのに、気分がそがれてしまった。

「今日はもういいです。また来ますよ」

　私はそのまま、エレベーターに消えた。

梅の花が咲く頃、私は八神とともに一人の女性のところを訪れた。

大学教授から依頼された若妻の浮気調査は、ここにきて大きく進展した。

「二百万ならいいわ……ですか」

八神がセリフを読むように言う。若妻が男と密会していたと疑われた日、彼女には友人の女性と会っていたというアリバイがあった。最初、その女性は百万つまれても証言を変えるつもりはないと突っぱねていた。しかし後で二百万なら本当のことを話してもいいと言い出し、前言撤回したのだ。

その女性の裏切りによって、調査は雪崩《なだれ》を打って進んだ。若妻は一人だけでなく、三人もの男性と関係があったのだ。

「女は怖いですよねえ」

「ああ」

嚙みしめるように答えると、私は事務所にいる風見に電話で調査結果を報告してから相談所に向かった。

孝子と絵摩、二人と出会ってから二ヶ月近くになるが、差は明確になった。孝子はどんどん近い存在となり、毎週のように会っている。この前ピクニックに行った時には、弁当を作ってきてくれた。明らかに私の心は孝子に向いていた。決して美人とはいいがたいが、これだけ気配りのできる優しい女性はそうはいない。真面目だし、結婚しても良き妻として私をサポートしてくれるだろう。

絵摩とはあまり会えていない。会った時もどこかうわの空のように思えた。二人と結婚するわけにはいかないし、孝子に決めたのならバッサリ切ればいいのに、絵摩のエロカワぶりを見せつけられると、男のサガとして切ることなどできないのだ。そこが情けなく、もどかしい。

相談所に着くと、いつものようにまどかが笑顔で迎えてくれた。ずっとこの悩ましい二股について黙っていたが、自分の力だけでは解決できそうもない。

「黒崎さん、高野さんとの交際、順調ですよね」

「そのことなんですが」

取り出したのは、さび猫のキーホルダーだ。尾道でしか売られていない限定品だということが後でわかった。

「すごいじゃないですか。黒崎さんがさび猫が好きだって言ったから、わざわざ買ってきてくれたんですよね。黒崎さんのことを思っていてくれる証拠ですよ」

そうかもしれない。とはいえ、悪くとれば帰省したついでに買って来ただけだ。孝子の手作り弁当やクッキーには負ける。ただ今となってはこれだけが絵摩との絆だ。

「この前……私、改めて思ったんです。黒崎さんって本当に頼りになる人だなって。殴られても殴り返さなかったでしょ？　強いのにそれをひけらかさないし」

まどかは両手の指を絡め合わせて、首を傾けながら優しそうな目で私を見つめた。私は照れ臭い以上に情けなさがあって、目をそらした。

「城戸さん、私はそんなたいそうな人間じゃないんですよ」

前置きしてから、私はこれまでの経緯について、包み隠すことなく正直に打ち明けた。

「そういうわけです。私は誠意などとは程遠い、情けない男なんですよ」

間があいた。それは違います、と否定してもらいたい気持ちはなかった。この二ヶ月ほど、自分の欲と優柔不断さには愛想が尽きていたのだ。その思いを吐き出したいという気持ちだけだった。

「やっぱり優しいんですね」

まどかの言葉に私は顔を上げた。

「婚活において、二股はある意味必然なんですよ。目的は結婚相手を見つけることなんです。付き合ってみないことには判断つかないから。色んな人とどんどん会うのは悪いことじゃないんです。中には何人もの女性と付き合っている人もいます。ちょっとダメだと思うとバッサリ。でも黒崎さんはこんなに悩んでいるのだから……」

なるほど。おそらく絵摩も複数の男性と付き合っているのだろう。相談所とはそういうところ……か。だがどうも釈然とはしなかった。

「どうするかの判断は、黒崎さんの専権事項です。私には何とも言えません」

そうだよな、と私は心の中で自分を笑った。何がタフでありたいだ。こんなことも決められなくて、笑わせる。

「お見合いってプロフィールから始まるし、自分の結婚相手にふさわしいかどうかを常にジャッジしなくちゃいけません。この判断は本当に正しいのか？　不安で優柔不断になるのは当然のことです。婚活のつらさは婚活をした人じゃないとわからないんです。真面目な人ほど考えすぎちゃって。婚活うつなんてのもあるんですから」

「そうですか」

「ただ言えるのは、大事なのは心だということです。それは外見を気にしないという意味じゃなくて、頭で考えずに心にビビッと響くようなもの……直感に近いものかな。そういうのを大事にして欲しいって思うんです」

少し抽象的で、分かりにくい言葉だった。

「例えばですけど、食事の時に肘をつく男性は嫌だと言っていた女性がいたんです。でも結局、結婚相手に選んだのは肘をついてご飯を食べる男性だったんです。その人だったら気にならないって……」

言いたいことは何となくわかった。結局は自分で決断するしかないということか……

そう思い、私は席を立った。

「黒崎さん」

「はい？」

「いえ、何でもありません。頑張りましょう」

私は何度も目を瞬かせながらエレベーターに向かった。婚活において二股はある意味必然というまどかの言葉を思い返した。自分側のことばかり考えていたが、そうなのかもしれない。だが絵摩にいい男がいるなら、私など邪魔なだけなのだし、さっさと切り捨てればいいではないか。私と同じように決められずに迷っているのだろうか。絵摩の本心はどうなのだろう。

――ついでに行ってみるか。

絵摩が勤める飲食店について、私は正確な名前は知らなかった。しかし彼女の話の断片から、目星はついていた。

私は新橋から歩いていける距離にある『INN　HEAVEN』という喫茶店まで歩いた。平日なのに満員だ。

「う……」

調べていたのでわかっていたが、店はいわゆるメイド喫茶だった。フリフリのメイド姿の女性たちがにこやかに客の相手をしている。ネットで調べた結果、このお店で一番人気のEMAちゃんというのがヒットして、どうもその女性が絵摩のようなのだ。

「お帰りなさいませ、ご主人様！」

入口からしばらく様子をうかがおうと思ったが、店員に中へ案内された。

「あ、いえ、私は……」

とまどいつつ席に座ると、一人だけ抜群に目立っているメイドに気付いた。どう見ても絵摩だ。彼女は私に見せるのと同じように、甘ったるい笑顔で禿げあがった男性客の相手をしている。楽しそうに笑いあっていた。まるで金さえもらえればホテルにでもついていきそうじゃないかと嫉妬まる出しで心の中で罵《ののし》った。

「あ、ご主人様」

私は見ているとつらくなるので、逃げるように店を出て、電車に乗った。わかっている。笑顔を作って男に仕えているのは本気ではないということくらい。しかしあの様子では男どもが放っておくはずがない。

新宿に戻り、久しぶりに行きつけのバー、『レッド・ベリル』に顔を出した。

「いらっしゃいませ」

バーテンダーの倉野梓紗が、笑顔で迎えた。私はワイルドターキーを注文して、お決まりの端の席に着いた。いつもよりも客が多く、騒がしかった。梓紗も他の客の相手をしていて、しばらく一人で飲んだ。まあいい。こんな悩みは梓紗に話せそうにない。

やがて眼鏡の客が近づいて来た。

「悩んでいるようですね、黒崎さん」

二階堂弁護士は、婚活についてあけすけにしゃべれる数少ない仲間だ。さっき連絡を取ると、近くにいたので一緒に飲むことになった。彼には常に女性から申し込みがあって私とは立場が違うが、だからこそ今回は相談相手としてふさわしいと思ったのだ。

「実は困ったことになったんだ」

私は二股になったと状況を話した。二階堂はバーボンを飲んでいたが、説明を聞く途中でプッと噴き出した。

「いや、失礼……そんなことで悩んでいるなんて黒崎さんくらいですよ」

「そうかな」

「ええ、考えてみてください。相談所ってのは高い金を払って結婚相手を見つけるところですよ。知人からの紹介だと断りづらいところがあるでしょう？　でも相談所はそうじゃない。交際を断る時は仲人から連絡してもらうだけ。面倒な別れ話をする必要はない。断るという後ろめたさを引き取ってくれるのが、料金にも含まれているんですよ。だから、何の負い目も感じずに絵摩さんを切ればいい」

二階堂はＬＩＮＥを表示し、ボクなんか三股かけているんですと私に見せた。

「また新しく若い子と会うんですよ。可愛い子でしてねえ。ただ母が何ていうか」

懲りない男だと思いつつ、私は黙っていた。二階堂は酔いが回ってきたようで、声が大きくなった。私は口の前で人差し指を立てる。婚活中年会議は忍者のようにひっそりとだ。

「黒崎さんも事務的に断ればいいんです。ボクもそうでしたが、黒崎さんだってさんざ酷い目にあって来たじゃないですか？　ね」

「そ、それはそうだが」

「だいたい結婚する気もないのにずるずると交際を続けるのは、相手の時間と労力も無駄に奪ってしまうんです。花の命は短い。婚活は時間との勝負でもあるんです。早いとこバッサリやるのが相手のためです。ネットで相談所にアクセスし、管理画面で申し訳ありませんが、お断りさせて下さいって書くだけです。理由なんていりません。困ったらフィーリングが……、価値観が……でいいんです」

そう言われても、私には決断することができなかった。さび猫のキーホルダーを取り出し、悩んでいるんだと話した。

「うーん、なるほど。エロカワの子はもてるからどうしてもねえ。僕なら母が気に入るはずないし、早いところ切るでしょうね。黒崎さん、だいたいがですね……」

「うわ、これ限定品じゃないですか」

二階堂の話は途中で遮られた。私と二階堂は呆けた顔を背後に向けた。

「尾道で売られていた限定品でしょ？　私、欲しかったんです」

いつの間にか梓紗が横にいて、さび猫のキーホルダーを手にした。しまった。くノ一が忍び込んでいたか。

「限定販売だったんですよね。一月二十日から三日間だけの。もう尾道に行っても買えませんし、ヤフオクとかで買うしかないのかな」

知らなかったが、梓紗も大の猫好きらしい。有名な写真家が三日限定で猫の写真展を開いていて、このキーホルダーはその時売られていたものだという。待てよ……一月二十日から？　おかしい。絵摩が尾道に行ったのはかけもちデートの十五日だ。十七日には東京に帰ってきたはず。尾道限定で二十日からしか買えないのに、どうやって入手したのだろう。

浮かんだのは、不倫を隠すためにアリバイをでっち上げた大学教授の妻のことだ。

――同じだ。彼女は嘘をついている。

そう確信した瞬間、絵摩との絆が切れた気がした。

4

二十数年ぶりのテーマパークは、思ったよりも楽しかった。

「もっと待たないといけないと思ったけど、そうでもなかったですね」

孝子は上機嫌だった。私はネットで徹底的に調べ、効率的に回る方法を研究しておいたのであっさり乗れたのだ。

「本当に竜司さんって、頼もしいですよね」

「いや、そんなことはないよ」

いつの間にか、孝子は私のことを竜司さんと呼ぶようになっていた。

「経験が少なくてよくわからないから、あらかじめ調べてるだけで」

「そういう勤勉さがすごいんです」

私の方は相変わらず江田さんと呼んでいるが、敬語は以前よりもだいぶ減っている。

その後もアトラクションを楽しみ、着ぐるみのキャラクターたちと記念撮影をしてから、そのまま食事した。

食事中、孝子は下を向きながらぼそっとつぶやいた。

「竜司さん、すごくいいパパさんになりそう」

私は苦笑いで応じた。こういうことを言い出すということは、暗に早くプロポーズをして欲しいとほのめかしているのではないか。

「子どもは好きですか」

「ええ、まあ」

テーマパークを出た私たちは、電車を乗り継ぎ、次へ向かった。既に日は西に傾いていたが、神社にはまだ多くの参拝客の姿があった。私と孝子は二礼二拍手をする。孝子は何を祈るのだろう。私と幸せになりたい……そんなところか。一方、私は複雑な思いだった。

あれから絵摩にもらったさび猫のキーホルダーについて、徹底的に調べてみた。その結果、あれはやはり二十日から三日間だけしか絶対に手に入らない代物だということがわかった。絵摩は十七日にすでに東京に戻ってきて店で働いていたことも判明。明らかに帰省した時に買ったのではなく、別のルートで手に入れたのだ。例えば男にもらったとか、ネットで入手したとかだろう。いずれにせよ、嘘をついていることは確定的だ。未練があったがようやくふんぎりがつき、私は相談所の管理画面で絵摩との交際について断りの連絡を入れた。

横にいる孝子は固く目を閉じ、一心に念じていた。一方、私は何を祈ればいいのかわからず、正直な心の内をさらした。

――神様、お見通しでしょうが、私には自分がよくわかりません。横にいる孝子さんはとてもいい人です。ですが彼女と一緒になりたいという思いが猛烈には湧いてこないのです。逆に絵摩さんには未練があります。何故断ってしまったのだろう。そんな思いでいっぱいです。ですが絵摩さんとて悩ましい欲望は感じましたが、絶対に結婚したいとまでは思わなかった。何なんでしょうね。本当に……私は愚かな人間です。結婚したいという思いは強くあるのに、どうしても燃えたぎる思いが生じてこないのです。せめて他人をできる限り不幸にしないという前提で、少しでも幸せになりたい。それが偽らざる私の願いです。すみません。変なお願いで……。

顔を上げると、孝子が微笑んでいた。

「竜司さん、すごく一生懸命でしたね」

「え、そうかな」

「何を祈っていたんですか」

「秘密だよ」

とぼけておいた。絵摩を断り、孝子だけになった。燃え上がるものはなくても、こうして共にすごしていく内に何となく結婚するカップルも多いのだろうか。

駅まで戻って、そこで孝子とは別れた。

私はJRに乗った。今日は午後七時に、相談所に行く予定だ。ネットで断りを入れてから、まどかとは話していないので、少し気まずい。

電車を降りた時、携帯に着信があった。登録していない番号だ。

「はい、黒崎です」

名乗ったが、相手は無言だった。間違いかと思って切ろうとした時、声が聞こえた。

「竜司か。オレだ」

父だった。ほとんど連絡をくれることはなく、たまに自宅の固定電話からかけてくるだけなのでわからなかった。どうしたんだろうと不安がよぎった。

「まさかお袋が倒れたのか」

「いや、そうじゃない」

少しほっとしたが、父の声は沈んでいる。良くないことが起きたのはすぐにわかった。

「実はな、例の江田さんとの縁談、乗り気じゃなかったのに勝手に進めて悪かったな」

「いや、いいんだ」

「母さんと相談して断っておいたぞ」

「は、はあ？」

キツネにつままれた気分とはこのことだ。一時間ほど前まで一緒にいたではないか。

「どうしてだ？」

「それがな、言いにくいんだが、あの子はバツイチで十一歳の子どもがいるそうだ」

「えっ、まさか」

「純朴ないい子だと思っていたんだがな。孫が欲しいとは言ったが、いきなり大きい孫ができるのもなんだかな」

返す言葉がなかった。両親への怒りもあったがそれだけではない。バツイチで子持ち……。それ自体が悪いことではない。離婚歴があろうと子持ちだろうと構わないと思えるほど、孝子に対する気持ちがもり上がってこないことに愕然としていた。

通話を切って結婚相談所に向かう途中、私は考えた。

——婚活って、何だろうな。

ヒルズ男の前では、偉そうにのたまったが、私に結婚する資格があるのだろうか。いや、そもそも婚活とは一体何なんだ。もう相談所に入って一年になる。この間、私は婚活戦士として経験値を稼いだ。しかしそれが結婚に近づいているかと言えば不明だ。人との縁なんてものは努力したところで報われるとは限らないではないか。

相談所に着くと、いつものようにエレベーターで五階に上がった。呼び鈴を鳴らし、まどかの待つ衝立の向こうに移動する。窓際には赤い花が飾られていた。

「こんばんは」

まどかは笑顔を返した。しかしその顔は、どこか悲しげに映る。絵摩を断ったことを残念だったと責められるのだろうか。確かに今となっては悔やみきれない。

「黒崎さん、とてももったいないことをしましたね」

淹れてくれた紅茶のカップを手にしたが、熱すぎるので戻した。

「ええ、本当にバカです」

私は孝子との関係がご破算になったことを告げ、自嘲的に笑った。

「おそらく黒崎さんはこう考えたんじゃないですか？　高野さんにもらったキーホルダ

―ですが、あれは尾道に帰った時に買ってきたものじゃない。彼女は何か嘘をついているって」

図星だった。

「でもそれ、黒崎さんの思い違いなんですよ」

「私の？　どういう意味ですか」

「彼女の仲人さんに確認しましたが、確かに高野さんは嘘をついていました。本当は連絡を受けて実家に戻った時にキーホルダーを買ったんじゃないのに、そう言ったことです」

「だったら……」

しゃべりかけた私をまどかは制止する。

「でもそれは彼女のやさしさ。黒崎さんに気をつかわせないための嘘だったんですよ」

言いたいことがよくわからなかった。

「彼女はお父さんが無事だったことで安心して、十七日に東京に戻りました。でも黒崎さんへのお土産を買うのを忘れていて、わざわざ黒崎さんに会う前日、もう一度尾道まで買いに戻ったそうなんです。そこであのキーホルダーを見つけて黒崎さんがさび猫が好きだから、あれしかないと思って」

「え……」

「高野さんは見た目で誤解されちゃうけど、意外と奥手なんですって。人にどう思われるかが不安で、お土産を買い忘れたことさえ気にしちゃう。不器用なのか一途なのか、自分でわざわざ買いに戻っちゃうなんて苦でもなんでもなくて、そのくせ、そのことは言えない。彼女、昔は不登校で引きこもっていたんですって。カフェで働くことも、自分を変えたかったかららしいです。あとお父さんの病状も気になって、何度か地元に戻っていたそうですよ。それであまり会えなかったんじゃないですか」

言葉を失った。そうだったのか。大学教授の若妻の一件があって、あのキーホルダーを二股を隠すためのアリバイ作りのように思い込んでいた。上の空のように見えたのも、疎遠になったと感じたのも、父思いが故だったとは。

「運がないですね。軽率さも相変わらずです」

何がハードボイルドだ。優しさだ。後悔を通りこして自分なんて結婚する資格がないのだとあきらめのような思いに包まれていた。父親のことで大変な時に気づかってやれず、疑い、決めつけ……人として最低だ。こんな男、結婚できなくても当然ではないか。

「婚活はお相手との関係を通じて自分自身が見えてくるものなんです。見たくもない自分の醜い部分も。人を値踏みして、切り捨てて、演技して、妥協して……結婚相手と出会うという目的がわからなくなって出口のない迷路にはまっていく方、耐え切れず道半ばにやめていく方もいます」

私はぬるくなった紅茶を一口すすった。

「そんな中、あきらめずに自分と向き合い、一生懸命婚活を続ける黒崎さんがうまくいかないのが不思議でたまりませんでした。でもやっと最近になってわかりかけてきたんです。黒崎さんが失敗する理由は、別のところにあるんだって」

うつむくまどかとは反対に、私は静かに顔を上げた。

「別のところ？」

「ええ、黒崎さんにはずっと気になっている人がいるんじゃないのかって」

思いもしないことだ。まどかは鋭い洞察力をもっているが、これは外れだ。特に好きな人がいるわけではない。

――いや……。

私はまどかの顔の上、窓際に飾られた赤い花を見た。ヤブツバキだ。正月に実家へ帰った時、堤防に沢山咲いていて、吉岡加奈子が好きだった花。

「黒崎さんがお見合いを申し込む女性たちには共通点がなくて、手当たりしだい選んでいる気がします。もしかすると心の奥底にはある女性がいて、他の人との出会いを求めていないんじゃないかって。もしそうだとしたら何度お見合いをくり返しても同じです。そこに決着をつけない限り……私の考え過ぎでしたら、すみませんが」

確かに私は加奈子が好きだった。お嫁さんにすると子供の頃に誓った。だがもうそれは三十年も前のこと。しかも加奈子はもう帰らない。私は首を左右に振った。

「それと黒崎さん、今日はもう一つ重要なことをお伝えしなくちゃならないんです」

「重要なこと？」

「この相談所、もう少ししたら、なくなるかもしれません」

「え……」

「まだ決まったわけではありませんし、なくなると言っても大手に吸収されるだけですから、会員の方には決してご迷惑はおかけしません。ただ私はおそらく、仕事を辞めることになるかと思います」

まどかが辞める……その一言が急に私の記憶を呼び覚ました。まどかを一目見た時、懐しさを感じた。すぐにアドバイザーにおかしな感情をもってはいけないと蓋をしていたためにわからなかった。まどかは死んだ吉岡加奈子に似ているのだ。それが今、やっとわかった。

おそらくまどかの推測は当たっている。まどかが言う、私が気になっている女性とは今、私の瞳に映っている女性のことだ。

私はヤブツバキとまどかを交互に眺めた。加奈子が言っていたのを今も覚えている。ヤブツバキの花言葉はそう……我が運命は君の手にあり。

最終話　私が愛した女

1

探偵は常に真実を求めるものだ。

それは事件だろうが、浮気調査だろうが変わらない。

「こんな高級マンションをホテル代わりにしてるとは、さすがに金持ちですね」

カメラを構えた八神がつぶやく。代官山《だいかんやま》にある高級マンションの駐車場に、今し方アルファロメオが滑り込んでいった。

浮気調査を依頼してきたのは、北條《ほうじょう》さつきというドラマでよく見る女優だった。夫の小松崎賢哉《こまつざきけんや》は、毒舌が売りの人気司会者だ。私と八神は小松崎を尾行、このマンションまで来た。小松崎の自宅は西麻布《にしあざぶ》にある。ここは恐らく〝不貞の館〟だ。

「あの女、誰っすかねえ。あの頭、かつらっぽいけど、なんか見覚えがあるんだよなあ。

黒さん、知らないっすか」

　さあな、と私は素っ気なく応じた。

「こっちはやることをやればいい」

　小松崎もまた、このマンションでやることをやっているのだろう。今はにゃんにゃんのウハウハか。だが私たちに見つかっている以上、猫というよりは、既に袋の鼠《ねずみ》になってはいるが……。あとは二人が一緒に出てくるところを撮影できれば完璧だ。

　二時間ほども待った時——。

「あ、出て来ました！」

　色黒の小松崎と、色白で細身の若い女性が連れだってエントランスから姿を現した。

「マジかよ！　あの女、椎名紅玲愛《しいなくれあ》だ」

　八神によると彼女は人気アイドルグループのセンターだそうだ。中年オヤジの小松崎はすっかりやに下がっている。

「よっし、いけるぞ！」

　私と八神は車を降りてしばらく二人を尾《つ》けた。そして人気のない道で二人が手をつないだのや、食事のあと、路地裏の暗がりで抱擁する姿をしっかりとカメラに収め、新宿のウィンドミル探偵事務所に戻った。

「よっ、ごくろうさん」

所長の風見が出迎えてくれた。手にしているものを見ると、紅茶を淹れて、これからプリンを食べるところのようだ。

「おっ、八神、その顔は浮気の証拠をつかんだのか」

「ええ、大スクープですよ。相手があの椎名紅玲愛だったんですから」

八神がデジカメの液晶画面で写真を見せると、風見は途端に青ざめた顔になった。

「嘘だ――っ！」

風見は天井に向かって大声を上げた。

「こ、これは別人だ！　オレは信じないぞ。紅玲愛ちゃんは清純そのもの。この前まで高校生だったんだ。だいたい紅玲愛ちゃんはこんな長い髪じゃない！」

安田おばさんが顔をしかめている。八神がため息をついた。

「所長、それはかつらっすよ。ほら、椎名紅玲愛そのものでしょ」

拡大画像を突きつけられて、風見はへたり込んだ。

「握手会にも行ったんだぞ。信じてたのに」

風見は泣きそうな顔で、プリンのやけ食いを始めた。スイーツ大魔王のほかに、アイドルおたくでもあるとは知らなかった。

事務所を出た私は、山手線に乗り、帰宅の途に就いた。吊り革につかまり、窓に貼られた一枚の広告を見つめた。始まりはこの問いかけだったな、と一年前のことを思い出す。

――いつまで「いつか」なの？

結婚相談所『縁 Enishi』のポスターだ。決して大きくはないのによく目にするこの広告がこの一年の私のすべてだった。

それまでの私は、結婚に消極的だった。だが歳を重ね、孤独な毎日にこれでいいのかと焦り始めた。それでも何をしていいかわからず、いつか……と先延ばしにしてきた。そんな中、道しるべとなってくれたのがこの広告だったのだ。

婚活という〝魔界〟に単身、乗り込んだ私は多くの失敗を重ねた。その結果、成長したのかどうかはわからない。明日はまた、一人の女性と会えることになった。だがあまり燃えるものがない。その理由は自分でも気づいている。たった一つの問いがずっと浮かび上がっては、私を責めているからだ。

翌日、私はホテルのラウンジにいた。

例によって、婚活中とおぼしき男女がひしめいている。最初の頃はドギマギしていたが、今ではそれもなくなった。

「黒崎さん、こんにちは」

手を振りながら、城戸まどかが小走りに近づいてきた。

「さて、今日のお相手、寺嶋千種《てらしまちぐさ》さんについて簡単に予習しておきましょうか」

椅子に座ると、まどかはプロフィールを取り出した。渋谷に勤める三十五歳の会社員で、白のスーツが良く似合う女性が写真に収まっていた。

「ううん、優しそうで素敵な方ですねえ」

彼女の言う通り、感じのよさそうな女性だ。よく応じてくれたものだ。我ながら思う。こんな私のどこがいいのかと。

プロフィールを眺めていると、不意にまどかの手が、私の手に重ねられた。

――えっ……。

はっとして顔を上げる。まどかの手は、私のシャツの袖《そで》をつかんでいた。

「黒崎さん、これダメですよ。ボタンが取れかかっています」

心の中だけでため息をついた。

「まあ、ジャケットのそでに隠れて見えないからいいでしょう」

「ダメですよ。女性はそういうとこ、ちゃんと見ていますから。何回も言ってるじゃないですか。待っていてください」

まどかはバッグから裁縫セットを取り出した。仲人とはそんなものをいつも持っているのかと驚く私をよそに、糸を口にくわえた。

「すぐできますから」

慣れたもので、まどかは針に糸を通すと、三十秒ほどでボタンを取り付けた。うまいものだ。私は少なからず感動していた。

「ねっ、すぐだったでしょ」

「え、ええ、ありがとうございます」

はっきりいって心がときめいている。向けられた微笑みに顔がほてった。ずっと心にあった問いが浮かび上がってくる。

——私はこの人を好きなのか。

前回の婚活の副産物で、子供の頃に好きだった吉岡加奈子とまどかが似ていることに気づいた。それをきっかけに、彼女を見る目が変わってしまった。まどかと歩んできた婚活の道のりは決して楽なものではなかった。だがその分、二人の距離は確実に縮まっている。さっきも自然に私の手に触れ、ボタンを直してくれた。彼女の微笑みには私への好意がにじんでいるように思えるのだ。いや、何を考えている。都合のいい勘違いだ。彼女にとって所詮はビジネス。絵摩がメイド喫茶で客に向けていた笑みと同じものだ。

「黒崎さん、プロフィール頭に入りました⁉」

「え？　ええ」

「今日のお相手、あまり乗り気じゃないですか」

さすがに鋭いな……。私は取り繕った。

「はは、そんなわけないじゃないですか。仕事で疲れているだけですよ。受けてもらえて良かった。うれしいです」

約束の時間の五分前、藍《あい》色のワンピースにベージュのコサージュをつけた女性が、きょろきょろと辺りをうかがっていた。

寺嶋千種は写真よりも若く優しそうな女性だった。以前ならやりぃ！と昇竜拳を放ちたくなるに違いない場面なのに、不思議と心は躍らない。私たちはラウンジで飲物を注文した。

「では私はこれで。お二人とも気楽に楽しんでくださいね」

しばしの雑談を終えて、常套句とともにまどかたち仲人は退席した。

「今日はよろしくお願いします」

「こちらこそ」

千種は紅茶を飲みながら、上目遣いで私の頭のあたりをちらちら見ている。糸くずでもついているのかなと思い、私は髪に手を伸ばした。

「あ、気にしないでください。髪が多いなって思っただけで」

「は、はあ」

「いきなりごめんなさい。私、ご存じの通りかつらの業界にいるので、つい……」

そうなんですかと私は慌てて応じる。さっきまどかの説明をちゃんと聞いていなかったことにいまさら気づく。かつら業界にいると、人の髪がまず気になるものなのか。私は四十代になって白髪は増えたが、幸いにして毛根の方は丈夫だ。もしかすると髪が多いのを気に入ってお見合いを受けてくれたのかもしれない。私がバカな考えを巡らせている間に、千種はかつら業界のことを話した。最近は製薬会社など他業者が低価格で参入してくるので大変らしい。やがて話はいつもの通りこちらの仕事、すなわち探偵の日常に向く。千種は興味をもって聞いてくれた。

「かつらと言えば、この前、某有名人を張り込んだんですが、不倫相手がこれまた有名な芸能人だったようなんです。私は知らないんですが。彼女もかつらをかぶって変装していましたよ」

「そうなんですか。すごおい！　ちなみに誰ですか?」

「いや、別にすごくはないんですけど。相手はうんと、いや、誰だったかな」

私は余計なことをしゃべってしまったと後悔し、急いでリカバリーしようとした。

「すみません、これ、聞かなかったことにしてください。守秘義務があるので」

「いいですよ。でもやっぱり髪って大事ですよ。印象が大きく変わりますから。この前もですね……」

千種はよくしゃべる女性だった。しかも感じよく、話にしっかりオチが付いていて、聡明さをうかがわせた。

「黒崎さんって、絶対将来も禿げないタイプですよ。あ、こんなこと、初めて会う人に言うことじゃないですね。優しかったから、思わず言っちゃった」

私は苦笑いで応じる。いや私の髪は全て植毛でして、なんて言ったらどんな反応をするのかなあ……などと、以前、整形疑惑で翻弄《ほんろう》された婚活を思い出しつつ、ひとりバカな妄想にふけっていた。そんなこんなで主に私の方は聞き役だったが、話は一応の盛り上がりを見せ、既定の時間をオーバーして二時間以上があっという間に過ぎた。

「それじゃあ黒崎さん、ありがとうございました。楽しかったです」

「ええ、ありがとうございました」

恵比寿駅で私たちは別れた。

巣鴨に戻った時、既に日は暮れていた。スーパーで夕食を買い、公園のベンチに腰掛けると、さび猫がやってきた。ササミをちぎりながら、千種のことを思い出す。彼女は明るい性格で、魅力的に思えた。だが私の感覚はいつもの見合いの後と違っていた。

――やはり、ダメだ。

婚活で様々な女性に会いながら、芯の部分で燃えるものがないというのは、気づいていることだった。しかもその理由を自覚してしまった。だから今回、千種と別れる際も「楽しかった」というポジティブワードを使わなかった。相手に期待をもたせるといけないと思い、無意識的に避けたのだ。

さび猫を撫でようとした時、携帯に着信があった。液晶画面を見て、心に沸き立つものを感じた。

「お見合い、どうでした？」

いつもと同じ形式的な言葉が飛び込んできた。交際を始めるかどうかの判断は、翌日の昼までにすればいいはずだが、えらくせっつくものだ。

「いい方でした。話も弾んで……」

私はありのままに伝えた。

「実は寺嶋さんから、もうお返事が来ているんです。またぜひ会いたいって乗り気でしたよ」

機先を制するようなセリフだった。そうか、だから早く伝えたかったのだ。

「じゃあ、交際オッケーですね？」

確認の問いに私は言いよどんだ。いや、それは……言いかけて止まった。

「どうしました？　黒崎さん」

訝しむように問いが降って来た。

「城戸さんに、聞きたいことがあるんですよ」

「私に聞きたいこと？」

ええ、と一呼吸おいてから口を開いた。

「相談所、辞めるんですか」

唐突だなと自分でも思った。まどかはアドバイザーとして確認の電話をしてきただけなのに。しかし、まどかは即答した。

「そのつもりです」

やはりそうか。

「理由を訊いていいですか」

「それは……」

しばらく沈黙があった。相談所が大手に吸収されるとは聞いていたが、籍は残せるはずだ。アドバイザーとして続ければいい。仮にそれを機に辞めるにせよ、言いよどむ理由はつかめない。もしかして再婚が決まって寿退職とか。いや、まさか……息がつまりそうになる中、まどかはようやく口を開いた。

「私は結婚アドバイザー失格かもしれないからです」

「どういう意味ですか」

「それは……いえ、すみません。それ以上は聞かないでください」

聞くなと言われると余計に気になる。アドバイザー失格？　辞めねばならないほどのミスをしたという意味か。妙に不安を掻き立てられる。

「それで黒崎さん、寺嶋さんとの交際についてです。お返事ですけど」

正直なところ、交際についてはどうでもよかった。だが断れば、まどかとのつながりもこの瞬間で終わりかもしれない。そんな予感がして、私は交際希望と言った。

「よかったですね」

「え、ええ」

相変わらず優柔不断だな、流されてばかりで。私は何がハードボイルドかと自分を嘲《あざ》笑《わら》う。電話を切ったあともしっかりと縫い付けられた袖口のボタンを、しばらくじっと見つめていた。

千種との見合いから数日後、私は八神とともに西麻布の豪邸にいた。

「ひええ、やっぱ中はすげえや」

外観は大きいばかりで無機質な建物だったが、中は飾りたてられて豪華だった。壁に大きな鏡がいくつもあって、それが邸内をより広く見せていた。招き入れられた暖炉のある部屋には、女優・北條さつきがいた。焼きリンゴをフォークで口に運びつつ、大きなテレビでゲームをしている。ドラマで見せる悪女の顔とは違って、優しげな表情だ。

「黒崎です。依頼されたご主人の件、報告に参りました」

こちらを見ることもなく、北條さつきはそう、と答えた。ロールプレイングゲームにはまっているようで、剣と魔法で巨大なモンスターと戦っている。

「結論から申し上げます。予想された通り、ご主人は不倫をしていました。代官山のマンションで、相手の女性と過ごしています。相手は有名なアイドルのようでして」

私は封筒から写真を取り出した。さつきはモンスターを倒してから、ようやく写真を手にした。眼鏡をはずして、それをながめた。

「ふうん、ご苦労様」

さつきは突然、拳でテーブルをドンと叩いた。

「このメス猫が！」

眉間に深いしわが刻まれ、鬼のような顔になっている。驚くべき変貌だった。横にいた八神は体を硬直させて目を大きく開けた。テーブルからグラスが転がり落ちて割れる音がした。さつきは我に返ったようだ。元の笑顔を取り戻す。

「あら、みっともないところをさらしてしまったわね。気にしないで。私は主人のことなんてどうでもいいんだから。生活に困っているわけじゃないし、慰謝料だって別に欲しくはない。主人なんていなくても普通にやっていけるもの。でもこのメス猫は別。ウチの事務所の子だし、後で少しだけお灸《きゅう》をすえてやらないといけないと思ったの」

どういう報復行為に出るのか、おぞましい思いだったが、考えるのはよした。

「けっこう、いい男ね」

さつきは八神に近づくと、そのサラサラした髪をなでた。八神は気圧《けお》されたのか、ただ薄笑いを浮かべている。

「あなたわかる？　女はね、逆ＲＰＧなのよ」

「逆ＲＰＧ？」

「そう、ロールプレイングゲームの世界では、敵を倒すとレベルが上がって強くなっていくでしょ？　パラメーターが上昇、強力な魔法や必殺技が使えるようになっていく。男性も同じ。歳をとるほどに年収やスキル、話術など魅力がアップしていくわけ。でも女はそうはいかないわ。内面的な魅力が大事だなんて結局きれいごとなのよ。女は若い頃が魅力のマックスで、三十、四十になると弱くなっちゃう。だから逆ＲＰＧ……」

さつきは微笑みながら、フォークを写真の紅玲愛の額に思いきり突き刺した。八神は口をあんぐりと開けた。

「このメス猫は今が最強。でも十年、いえ五年も経てばスライムにも殺されるレベルまで落ちてくのよ。そう思わない？」

「は、はあ」

八神がカチコチに固まっているのを見て、さつきはにやりと微笑んだ。彼女はソファーに座ってまたゲームをやり始めた。報告はすでに終えているので、私たちはそれではと言ってそそくさと彼女の自宅を後にした。

「いやあ、すごかったっすねえ」

ハンドルを握りながら、八神は北條さつきについてしゃべりまくった。

「あの人、言ってることが尋常じゃないですね。あんなセリフ回しなんて普通できませんよ。女優、なんだなぁ」

私はふんと笑った。さつきは女が逆RPGだと言っていたが、あれは男だって同じで、婚活では年齢が上がることはやはりマイナスだ。しかも年齢が上がれば高収入はもちろん、大人の男としての魅力が求められる。私のような無骨者ではダメなのだ。

携帯に着信があった。

「そうですか。十五分ほどで戻りますので、待ってもらってください」

事務所からで、私を指名する依頼人が来たらしい。急ぎ、事務所に戻った。

「やっと来たか、名探偵」

風見は部屋の隅っこを見つめながら、またしてもプリンを食べていた。

「ご指名ですから、名探偵の黒崎大明神様、おねげえしますわ」

空になったプリンの容器が積み重なっている。またやけ食いのようだ。椎名紅玲愛の件から、風見はずっとふてくされている。

「この九州から取り寄せたプリンを見ろ。ただのプリンだってバカにしてるようだが、一つ一つがこだわりの原料を使った手作りで、増粘剤もつかってないんだぞ。くそ！俺の目に狂いはないのに」

風見はほうっておいて、依頼人に会わねば。事務員の安田は面倒くさげに、応接室を指さす。私は八神の後に続いた。

「失礼しまーす」

八神が元気よく扉を開けた。椅子に座っていたのは、長い黒髪の女性で、後ろ姿からして若そうだ。だが彼女が振り返った時、私は凍りついた。

八神は椅子に腰かけるなり、話し始める。

「こんちは。俺は八神って言います。そんでこの人がご指名のウチのエース、黒崎竜司探偵です」

私は無言で立ち尽くしていた。

ぺこりと頭を下げた依頼人、それは城戸まどかだった。

――どうして彼女がここに？

私は八神の横に着席したが、その問いがぐるぐると頭の中を回っている。

「どうぞ」

安田がお茶を運んできた。黙り込んだ私を気にもとめず、八神がチャラいノリで世間話を始める。

「お仕事は、何されているんですか」

「結婚相談所のアドバイザーです」

私の額に汗がにじんだ。八神はアドバイザーという部分をなぞった。

「『縁 Enishi』というところで働いています」

私はおしぼりで額の汗を拭いた。まどかはどういうつもりなのだろう。私が婚活をしているとばらしに来た……そんなわけないか。だがそれにしてもあまりにも突然すぎるだろう。どうしてここへ来たのか問い詰めたかったが、今は初対面のふりをしなければいけない。

「それでご用向きは？」

私の問いを待っていたように、まどかは黙ってカバンから写真を取り出した。スーツ姿の男性は私と同じ歳くらいだろうか。写真は何枚かあって、私服姿やテニスを楽しむ様子が写っていた。切れ長の目に高い鼻梁《びりよう》、細身でスポーツマンタイプ、爽《さわ》やかで理知的に映った。

「この方、瀬田裕也《せたゆうや》さんといいます。ウチの相談所『縁 Enishi』の会員さんなんですが、彼を調べてほしいんです」

知りたいことがあるのなら本人に直接聞けばいいのではないか。そう思ったがうまく言葉が出てこない。

「瀬田さんはSETAホールディングスで役員をしています」

「SETAホールディングス？　それって大企業じゃないですか？」

私も知っているほどの有名会社だ。元々瀬田製薬という大手製薬会社で、現在は薬の製造以外にも手を広げている。

「もしかして名字が瀬田ってことはこの男性、そこの御曹司ですか」

八神の問いに、まどかは首を縦に振った。私の不安は徐々に大きくなっていく。なるほど、つじつまが合う。どうしてまどかが相談所を辞めるのか。アドバイザー失格だと言ったあの言葉の意味も……。

やがて決定的な言葉が漏れた。

「調べてほしいのは、この瀬田さんが結婚相手としてふさわしいかどうか知りたいからです」

私は両のひざ頭を強く握りしめた。やはりそうか……会員と結ばれようとしていることをさして、まどかはアドバイザー失格と言ったのだ。

「これまで何度かお会いしましたが、とても誠実な方に思えました。大企業の御曹司なのに全くそれをひけらかすことはありませんし、いつも丁寧に接してくださいます」

八神は頭の後ろで手を組んだ。

「へえ、玉の輿ってわけっすか。でもだったらいいじゃないっすか。本当に御曹司なんでしょ」

「ええ、身元は確かです」

「じゃあ何を調べるんすか」

少し間があって、まどかは答えた。

「非のうちどころがなさすぎて信じられないからです。大企業の御曹司の上に見た目も恰好よくて、性格もよくてスポーツマンで……いくらでもお相手はいたでしょうに、どうしてこの年齢まで結婚しなかったのかなって、それも不思議で」

「なるほど。裏があるかもってことっすか」

「信じたい気持ちはあります。ですが、念のためです」

それから八神は報酬について説明をしていった。私は一言も発することなく、二人のやり取りを眺めている。それにしてもまどかは何故わざわざ私のところに依頼に来たのだろう。探偵事務所など他にいくらでもあるのに……単に知り合いだからか。いや、それなら指名しておいて知り合いだと何故言わないんだ。

――いや、そんなことはどうでもいい。

私の中にマグマがあった。深海魚の棲《す》むような冷えた海の底で激しく滾《たぎ》っている。これまでも浮気調査などを通じて、うまくやっている男性を見るたびに嫉妬を感じたが、それはいっときのこと。ここにあるのは、今まで感じたことのないような底がしれない激しい嫉妬心だ。

「それじゃあ、お願いしていいでしょうか」

まどかは初めて、私の目を見た。断れば不自然だ。私は首を縦に振った。

「わかりました。お引き受けします」

まどかが去って行ったあとには、しばらく洗いたての髪のような、いい匂いが残っていた。

2

金曜日、私はまた山手線に乗っていた。

午後九時。寺嶋千種と夕食を共にして帰るところだ。彼女はこの交際に乗り気のようで、話もよく合って、今もLINEが来たばかりだ。

彼女に対して、まるで不満はない。しかし今私の心を占めているのは、別の女性だった。

——私はまどかが好きだ。

袖のボタンに視線を落とした。縫い付けてくれた時の笑顔が浮かぶ。どうしようもないほどの嫉妬の念に駆られて、やっとその気持ちを自分のものにした。この一年、私は何をやっていたのだろう。こんなことになって初めてわかるとは……。

自分の中に燃えている思いに気付いた今、千種との交際には罪悪感があった。このまま続けても彼女に失礼だろう。早く断るべきではないのか。だがまどかは高嶺《たかね》の花で、しかもすでにいい人がいる。いや私にとって、千種だって本来、高嶺の花なのだ。こんな縁は滅多にない。大事にすべきだとわかっている。それでも……。

電車を降りると同時に、携帯が震えた。

「八神です。明日の件で」

これまでの中で一番嫌な仕事だ。結婚相手としてふさわしいか、調べて欲しいというまどかの依頼で瀬田を尾行することになった。瀬田は今度の休み、つまり明日には予定があって出掛けるというのだ。

「それじゃあ、また」

身近を調べても、これといって浮いた噂はない。東大卒業後、イギリスに留学経験もあって、三ヶ国語が堪能らしい。嫌みな男だ。

家族構成は社長である父親と母親、妹だが、妹は既に結婚してカナダで暮らしている。瀬田は留学後、会社に入って今は幹部だ。次期社長になることは約束されている。学生時代の友人やとりひき先の関係者から話を聞いたが、誰もが素晴らしい人物だと評した。調査の結果と言って、嘘でも瀬田の悪情報を流せば、破談になるかもしれない。そう悪魔がささやくが、私はプロの探偵だ。真実を歪《ゆが》めることはできない。

翌日、私は八神を拾って車を走らせた。

広尾に到着し、有栖川宮《ありすがわのみや》記念公園にさしかかる。江戸時代には大名の下屋敷が置かれていたというだけあって、この辺りにはいかにもという豪邸が並んでいる。瀬田家も豪邸に違いなかったが、周りと比べてそれほど目立つわけではなかった。

「黒さん、ちょっとおかしいんすよ」

八神は首をひねった。

「何がだ？」

「いえ、城戸まどかって若いから初婚かと思っていたら再婚だったもんで」

「……そんなことか」

「あれ、驚かないんすか？　だって彼女、一言も再婚だなんて言ってなかったじゃないっすか」

しまった。そうだったか……私は誤魔化すように、タバコに火をつけた。八神はもう一度、口を開いた。

「まあ再婚って言っても、結婚していた時期はごく短いものだったみたいっすけど」

私もまどかの過去について詳しくは知らない。知っているのは夫と死別したということだけだ。夫がどんな男だったのかについては知りたくもなかった。

「おい、依頼人のことを調べるのは、探偵として褒められたもんじゃないぞ」

「すみません。瀬田のことを調べていたら、偶然知っちゃって」

いらない情報まで広く集めてこそ、使える情報を拾うことができるものだ。だが、今回はそれを抑えてほしい。

「彼女が結婚したのは、まだ十八歳の時で、相手は幼馴染の同級生だったとか」

知らない情報が無慈悲に降ってきた。制服姿のまどかと手を取りあって遠くに駆けていく少年の姿が浮かび、またしても心臓をかきむしられるような嫉妬があった。

「でも気の毒に結婚直後に夫が交通事故で死んだそうです。そのあと彼女、再婚してないわけです。恋らしい恋もしないまま、ここまで来ちゃったんですよ。婚活アドバイザーになったのも、自分が一瞬でも味わった幸せを、多くの人に与えたいからだそうです」

私はタバコをくわえたまま、新事実の洪水におぼれていた。まどかは夫を失う不幸から十年、いまようやく幸せを手に入れたということか。

やがて門が開く音が聞こえた。

「あ、出てきました」

車のハンドルを握っているのは、写真と同じ顔、瀬田裕也だ。私たちも車を発進させた。

第二京浜をしばらく走って、瀬田の車は川崎にあるケーキ専門店の駐車場に入った。

「黒さん、あれ」

入り口には、髪をポニーテールにした若い女性が立っていた。瀬田がやって来たのに気付くと、微笑んで手を振った。二人は中へ入っていく。

「やっぱりか。他に女がいない方がおかしい。あれはもてますよ」

瀬田が女性と座った席は窓際で、外からでも十分、撮影可能だった。私たちは駐車場からカメラで二人が楽しげにお茶するさまを撮影した。

四十分後、二人は店を出た。おみやげのケーキを買ったのか、大きな白い箱を両手に持ち、女性はうれしそうだ。瀬田は自分の車に乗り込み、女性は歩いてどこかに向かった。

「あれ？　もう終わり？」

これからドライブにでも行くのかと思ったら、妙にあっけない。まだ知り合って間もないのかもしれないが、送りもしないのは変だろう。私は車から降りた。

「黒さん、どうするんすか」

「八神、お前はこのまま瀬田を追え。私は彼女を尾ける」

「わかりました」

八神と別れた私は、ポニーテールの女性の後を追った。

女性は若かったが、男と会うにしてはしゃれっ気がなさすぎると思った。近くで見るとトレーナーにズボンとスニーカーだ。彼女は微笑みながら鼻歌をうたい、角を曲がって消えた。

続いて曲がると、何かの施設の駐車場でさっきの女性が白いひげの老人に声をかけるところだった。私は電柱の陰に隠れつつ、二人の会話に聞き耳を立てた。

「子どもたちにってケーキをたくさん買ってくださったの。どんなものなら食べれるのかわからないからって私に選ばせてくれて」

「一千万もか。そうか、そりゃよかった。これでしばらくやっていけるな」

老人は微笑んだ。ポニーテールの女性も何度かうなずいた。

「瀬田さんって本当に立派な方ですよね。現代のあしながおじさん。ウチだけでなく、他の施設にも寄付されているそうですよ」

「後で私からもお礼の電話を入れておくよ」

彼女はこの施設の職員で、老人は責任者だろうか。表の看板を見てネットで調べると、ここは重病の子どもたちの療育施設らしい。どうやら瀬田と女性がお茶していたのはデートではなく、この施設への寄付のことだったようだ。

――大外れだな。

私は踵を返し、八神と連絡を取った。

「どうだ？　瀬田の方は」

「第二京浜をゆっくり西に向かっています。今、給油しているとこっす」

つまり家とは逆の方向に向かっているということは、他にも何か別の用事があるということだろう。私はすぐにタクシーを拾うと、八神と合流した。施設への寄付の件を説明する。

「うわ、聖人君子じゃないっすか」

完璧超人かよ、と八神はハンドルを指で弾いた。聖人君子と完璧超人。いったい、どちらがすごいのだろう。いやいやそんなことに気を取られている場合ではない。まだ調査は途中だ。タレントの小松崎を尾行した時も、最初はただのドライブに思えた。だがいきなり椎名紅玲愛を拾って、マンションにしけこんだのだ。

「どこまで行くんすかねえ」

尾行は長時間に及んだ。瀬田はゆっくりと平塚《ひらつか》から小田原《おだわら》まで走った。既に日は傾き、時刻は午後四時十二分。瀬田はメインの道から外れ、脇道へと入った。コンビニに駐車する。休憩かと思ったが、瀬田はガムだけを買ってすぐに出てくると、近くの花屋に立ち寄った。購入したのは赤いバラの花束だ。

「黒さん、ようやく尻尾を出しましたよ。女とこれから一緒に夕食をして、その後よろしくやるんじゃないっすか」

八神は興奮気味にカメラを手にした。確かにこんな遠くまでやって来て、花屋でバラを購入していくというのは怪しい。

瀬田はそのまま国道沿いを走ってほどなく車を止めた。

外へ出て近くにあった桜の木を見上げていたかと思うと、ガードレールに結び付けられた古い花を外して、新しい花束に取り換えた。そして目を閉じ、手を合わせた。

――これは……。

瀬田は一心不乱に祈りをささげている。私と八神は言葉を失っていた。

祈りは五分近くに及んだ。状況からして、ここで死亡事故が起こったのはほぼ間違いないだろう。そうすると、加害者は瀬田なのか。だが手向《たむ》ける花がそぐわない気もする。

瀬田が祈りを終えたのは、年老いた男女がやってきた時だった。夫婦だろうか。どちらも七十歳くらいだろう。瀬田と何か話している。肩を叩かれて、瀬田はようやくその場を離れた。

「あ、黒さん」

私は八神の制止を振り切り、近寄った。

「少しいいですか」

二人はこちらを振り返った。

「私は最近、近所に越して来た者なんですが。ここで何かあったんですか」

男性が目をしょぼつかせながら答えた。

「ああ、事故があってね。今日が命日なんだ」

彼らはバラの花束をじっと見つめた。

「私たちの一人娘なんだよ。まだ十九だったのに」

事故で娘を失った夫婦だったのか。痛ましさに気がひけたが、思い切って質問した。

「さっき長く祈っていた人は？」

私の問いに、老夫婦は目を合わせて首を横に振った。

「彼は娘のボーイフレンドだったんだよ。ボランティア先で知り合ったそうだ。年下の彼氏ができたって得意げに話していたよ」

時間の感覚がわからなくなった。十九で死んだ娘より瀬田が年下？　だったらその事故というのは……。

「もう二十五年も前になるわね」

男性に代わって女性が口を開いた。

「彼は今でも毎月やってきて、ああして花を手向けてくれるの。本当にやさしい人よ」

女性は目頭を押さえた。

「でも私は言ったのよ。娘はずっと思ってもらえてうれしいだろうけど、あなたを縛り付けることは望んでいないって。もういいから、素敵な女性を見つけて幸せになりなさい。それがあなたのためだし、娘もきっと喜んでくれるからって」

全く返す言葉が見つからなかった。

「ようやく彼もわかってくれたのか、一年前から婚活を始めたの。たくさん申し込みがあったみたいだけど、なかなかいいお相手が見つからなくてね。でもようやく、いい人に巡り合えたんですって。美羽ちゃんと同じように他人を幸せにすることが生きがいの、とても優しい人だって言っていたわ」

話を聞きながら、私の中で張りつめていた糸が切れたような気がした。

――完敗だ。

瀬田はまどかを愛しつつも、四半世紀も前に好きだった亡き恋人にも心を配っている。スペック、女性に対する真摯さ、どちらも私とは雲泥の差だ。

「黒さん、聞いてます?」

八神の声に私は顔を上げた。

「どうした?」

「瀬田ですよ。追わなくていいんですか」

既に駐車場には瀬田の車はない。

「ああ、もういい。所長には、私が報告しておく」

振り返ると、うす暗くなった歩道には誰もいなかった。桜の木はまだ花を咲かせるには早い。しかしガードレールに供えられたバラの花は、燃えるように赤く咲き誇っていた。

東京に戻った私は、新宿で八神と別れ、そのまま『レッド・ベリル』に足を向けた。

「いらっしゃいませ」

バーテンダーの倉野梓紗がいつもと変わらぬ明るさで迎えてくれた。

「ワイルドターキーをストレートで」

私はいつものように隅の席に座り、しばらく一人で飲んだ。知らず知らずのうちに、酒量が増えていく。考えているのは瀬田のことばかりだ。私は瀬田のあらさがしをしようとしていた。仕事だからではない。どうにか醜聞をあぶり出してやりたいという思いがあったからだ。スペックなど関係ない。仮に瀬田が私より収入が低くても、彼の方がまどかにふさわしい。本当に情けなく、苦笑いで一人耐えるしかなかった。

「いつもよりペースが早いけど、大丈夫かしら」

「ん？　ああ」

鋭いなと思いつつ、精一杯の笑顔で応じた。

「ひょっとして、悩みは女の人のことかな」

いつもの通り図星だった。まだアルコールはそれほど回っていなかったが、私は素直にうなずいた。

「なんだかつらそう。珍しいですね」

「この歳でおかしいなって思うだろう……笑ってくれていいよ」

「そんなことないです。何歳でも本気になれるって素敵ですよ」

「そうかな」

私は相談所のことは伏せつつ語った。好きになった女性がいる。それなのに自分は何もできず、彼女は誰かのものになろうとしている。しかもその男の方が自分よりも彼女にふさわしいことはわかっている。そう告白した。

梓紗はしばらく黙っていたが、サービスです、とスモークチーズを差し出した。

「そっと相手の幸せを願う恋もありますよ」

ありきたりなその言葉が、不思議とすっと心に入り込んだ。

他の客の注文に応じ、シェイカーを振る梓紗は笑みを浮かべていたが、その横顔はどこか悲しげだった。彼女にもそんな恋があったのだろうか。そしてかなわぬ思いを胸にしまったまま、賑《にぎ》やかな盛り場に身をおいている……。そうだな。私にも、探偵という天職があるのだ。

時計を見ると八時過ぎだった。まだ『縁 Enishi』は開いている時間だ。報告に行こうかと急に思い立ち、私は立ち上がった。

「あれ？　もうお帰り？」

「ちょっと用事を思い出してね」

私は店を出て、タクシーで新橋へ向かった。おそらくこれが最後の訪問になるだろう。そういう思いで、エレベーターに乗る。五階で降りると、呼び鈴を鳴らした。

「こんばんは」

出て来たのは、事務員の女性だった。ここに入会してもう一年になるので、すっかり顔馴染みになった。

「城戸さんはいますか」

「ええ、でも接客中でして」

「予約なしですみません。どうしても話がありまして。少しだけ」

「わかりました。こちらへ」

衝立で仕切られたブースのひとつで待っていると、お茶が運ばれてきた。私は窓の外、東京の夜景をしばらく眺めた。

二十分ほどして、まどかはやって来た。長い黒髪を束ね、白いワンピースに身を包んだまどかは、いつもより可憐《かれん》に見えた。

「城戸さん、すみませんね、いきなりで」

「……いえ、こちらこそいきなりでしたね。あの時は驚かれたでしょう」

思えばまどかと会うのは、彼女が事務所に来た時以来だ。

「お話は二つあります。遅いですしお時間をとらせては申し訳ないので、早めに切り上げますが」

「二つ、ですか」

「ええ、一つ目は依頼の件です。結論から申し上げまして、瀬田さんは一点の曇りもない誠実な人物でした」

私は調査したことを包み隠すことなく、まどかに伝えた。

「……そういうわけで、彼がこの歳まで結婚しなかったのには、おかしな理由はありませんでした。昔恋仲だった一人の女性を事故で亡くし、忘れられずにいたからです。本当に調べているこちらが恥ずかしくなるほど誠実な男でした。結婚相手として、これほど理想的な人物はまずいないでしょうね」

「そうでしたか」

まどかの口元には、安心したような微笑みがあった。私はその表情から、彼女の思いをくみ取ろうとしたが、つらくなるのですぐにやめた。瀬田の報告はこれで終わりだ。

「ありがとうございます。私の方も黒崎さんに一つだけ、伝えたいことがあったんですが、お話は二つでしたね。お先にどうぞ」

促されて、私は口を開いた。

「実は今、交際している寺嶋さんですが、交際をお断りしたくて」

「そうなんですか。どうして？」

私はテーブルに一度視線をやったが、すぐに顔を上げた。

「寺嶋さんはとてもいい方です。私などにはもったいない女性でしょう。安易に手放しちゃいけないと思います。ですが私は気づいたのです」

「気づいた？」

「ええ、これまでせっかく何人も素敵な女性を紹介していただいたのに、私は心の芯の部分ではずっと燃えていなかった。その理由は一つです。最近になってやっと気づきました。私の心を占めている人がいることに」

私はじっとまどかの瞳を見つめた。あれだけもう諦めろと自分に言い聞かせたのに、気持ちを制御できなかった。

「ただ、その方と私は結ばれることはありません」

「どうして、ですか」

問いかけられ、私は口を開いた。

――決まっているでしょう。私が好きなのはあなただからです。

だが、そのセリフは飲み込むしかなかった。この思いを告げても、彼女を苦しめることになるだけだ。

「すみません。余計なことを言いましたね。それはもういいです」

私は視線を落として、苦笑いを浮かべると、首を横に振った。

「寺嶋さんをお断りするだけじゃなく、今日で辞めさせていただきたいと思って伺いました」

「辞める？　相談所をですか」

「ええ、婚活自体もやめるつもりです。この一年、色々ありましたが城戸さんには感謝しています。結果としてうまくいきませんでしたが、婚活のおかげで私は人として少しだけ成長できた気がするからです。最後にお礼が言いたかった。ありがとう……」

私は立ち上がると、深く頭を下げた。

「黒崎さん、私にも話が」

振り返ることはなかった。これでいいんだ。これが男というものだ。ここへは全ての踏ん切りをつけるためにやって来た。今日で私の婚活は終了だ。

「黒崎さん！」

エレベーターではなく階段に向かった。上の階からピンクの髪をした中年女性が降りてきて、目が合った。エレベーターだけでなく、階段でも会うとはな、と私は苦笑いする。とうとう相談所に通っていることがバレたか。まあいい。ここへは二度と来ることもあるまい。早足で階段を駆け降りた。

――さようなら、人を愛することを教えてくれたまどかさん。さようなら……遅れて来た青春よ。

私は両手をポケットに突っ込み、人ごみの中に紛れた。

3

桜のつぼみが、色づき始めていた。

銀行で預金通帳を確認した私は、思ったよりも数字が増えているのに気付く。婚活で金をさんざん使ったにもかかわらず、いつの間にか預金は増えていた。結婚できるなら金に糸目はつけない覚悟だったのに皮肉なものだ。相談所を辞めて一ヶ月、心機一転を計るべく私は巣鴨から引っ越し、今は事務所から歩いて十分のところにアパートを借りて新生活を始めた。

事務所に戻ると、看板の付け替え工事が行われていた。収益が上がっているので、大改装するらしい。

「おい八神、お前も手伝え」

風見が叫んでいる。

「はあ?　業者に任せればいいでしょ」

「バカ、普通の砂糖と沖縄産本和香糖《ほんわかとう》の違いもわからない連中に任せておけるか」

風見は相変わらずなことを言っていたが、最近ようやく椎名紅玲愛の不倫ショックから立ち直ったようだ。安田は白い封筒を手にこちらを見ていた。面倒なことを頼まれそうなので、退散しよう。

この一年あまりの間に、多くの仕事をこなし、ウィンドミルの黒崎の名前は、業界内でそれなりに知られるようになった。だがこの虚しさは何だろう。仕事がうまくいくほど、金が貯まれば貯まるほど、人生に意味がないように感じる。

事務所近くにある公園のベンチに座り、コーヒーを飲みつつこれまでのことを思い返した。婚活に明け暮れた一年だった。だが結局、うまくいかずに一つ、歳をとっただけだ。

これまで私はろくに恋愛らしい恋愛もしてこなかった。だから婚活を始めても、女性への接し方がわからず、失敗ばかりだった。もちろん、断られ続けて悔しかったことは事実だ。裏切られ、騙され、誤解から自滅し、何度も破綻を繰り返してつらかった。だがそれらの痛みは所詮、思い切り飲んで寝てしまえば忘れられるほどのものだった。しかし最後に味わった痛みはいまだに消えない。相談所を辞めて一ヶ月が経つのに、ずしりと心に刻まれている。これが失恋か。それを知れただけでも、よかったのかもしれない。

コーヒー缶をゴミ箱に放り込んだ時、背後から声が聞こえた。

「本当にこれでいいのかしら？」

聞き覚えのある声に、思わず振り返る。そこには眉間にしわを寄せて、安田が立っていた。

「安田さん、どうしたんですか」

「渡したいものがあってね」

安田は封筒をカバンから取り出した。だが私が手に取ろうとした瞬間、急にひっこめた。

「黒崎さん、これで本当にいいの？」

「これでって、一体何がですか」

「以前、事務所にやって来た城戸さんのことよ。好きなんでしょう」

思わず目を伏せた。なぜわかるのか。混乱するばかりだが、安田は真面目な顔だった。まどかが来た時、私の態度がいつになくおかしいと気づかれたのかもしれない。彼女は以前から私が婚活をしていることに感づいていたし、どうやらこの人はすべてお見通しのようだ。

「ええ、愛していました」

隠し通せないと思った私は、初めて自分の思いを口にした。

「やっぱりそうなのね。思いつめているようだったから、カマをかけたんだけど」

なんだ安田にも確証はなかったのか。だがバレてしまったことに、いまさらショックはなかった。

「愛していたんじゃなく、愛しているんでしょ、今も」

「それは……」

「このままで、いいの？」

それは何度も自分に問いかけた言葉だ。だが耐え忍ぶ恋もある。彼女の幸せを思えばこそ何もせず、身を引くのが男だ。

安田はひっこめた封筒を差し出した。

「さっき彼女が事務所に来たのよ。あなたにこれを渡して欲しいって。郵送しても戻ってきちゃったから直接渡しに来たそうよ。あなたが引っ越したこと、知らないようね」

私は封を破いて中身を見るなり、目を見開いた。それは結婚式の招待状だ。瀬田家、城戸家、結婚披露宴のご案内という題字が書かれている。日付は来月はじめの日曜日だ。招待状……そうか、わかってはいても、絶対に見たくない事実を眼前に突き付けられた思いだ。

「黒崎さん、あなたはこれに行くべきよ」

「どうしてです？　今さら何故？」

そんなの拷問と呼べるレベルだ。理性では祝福すべきだと思っていても、嫉妬心から何をしでかすかわからない。私の感情を見てとったのか、安田は口元を緩めた。

「そう、その思いよ。あなたにその思いが燃えている以上、行くべき。そして城戸さんに本当の思いをぶちまけてくれればいいわ」

「正気ですか」

安田は大きくうなずいた。そんなバカな。呼ばれた結婚式で新婦に恋心をぶちまけるなど、それでは完全に異常者だ。以前逮捕された、女子大生にストーカー行為を働いた教授と変わらない。そんなことができるはずがない。エゴ丸出しだ。

「自分の気持ちを伝えるのがそんなに怖いのかしら」

「そうじゃありません。それでは城戸さんに迷惑をかけてしまいます。愛する人に迷惑をかけて何が愛なんですか。それはただのエゴでしょう?」

「エゴで何が悪いの?」

安田は私を強くにらんだ。

「人間はね、そんな恰好のいいものじゃないわ。結婚は他の人間との恋愛を排除するっていう契約でもある。それ自体がエゴの集積。ものわかりのいい人間のふりをすることに何の価値があるの? 黙って身を引くのはそんなに美しいことかしら? 自分に酔ってるだけじゃないの? 恰好悪くエゴをぶちまければいいじゃない。一生に一度くらい、本当の自分を解き放ってみなさい。真実に背を向けて何が探偵なの!」

私は何も言い返すことなく、安田の顔をじっと見つめた。彼女の視線はきつかったが、その奥にはどこか優しさが潜んでいるように感じられた。

「私もね、若い頃、同じように考えたことがあったわ。好きな人がいたけど彼には婚約者がいた。私がいくら好きでも二人の間には割って入ることはできなかった。黙って身を引こう、近くでサポートできればそれでいいと自分に言い聞かせて。でも後悔している。押しこめたままの痛みは消えることなくこの胸を焦がしている。これからもずっと……」

安田は夜空を見上げると、背を向けた。まさか安田の好きな人というのは……問いかけようとしたが、知らない方がいい気もして、言葉を飲み込んだ。

「黒崎さん、どうしようもない私なんかと違って、あなたはまだ間にあうわ。こんなタイミングは二度とめぐってこない。現実に向き合うことで道は開ける。まあ、決めるのはあなた次第。ごめんなさい。これ以上、私が言うことじゃないわね」

言い残して、安田は去って行った。私は公園のベンチに呆けたように座った。

――真実に背を向けて何が探偵なの！

安田のセリフが心に刺さっている。確かに私は真実に蓋をした。だがわかる。おそらくこの思いは一生消えることはない。初めは子供のころ好きだった吉岡加奈子の面影を重ねていたのかもしれないが、それは単にきっかけに過ぎなかった。一人の女性としてまどかを、彼女自身を愛している。探偵なら真実に向き合え……一生に一度くらい、か。

私は招待状を空にかざし、行こうとつぶやいた。

うららかな春の日、新しい門出を迎えた二人を祝うように、桜が咲いていた。

あれから出席に丸をつけてハガキを出しておいた。それ以来、床に放りっぱなしだった招待状で場所だけを確認すると、私はホテルの結婚式場に足を運んだ。

——ここは……。

このホテルには見覚えがあった。見合いで使ったことはないが、初めて『縁Enishi』に来た時、まどかと模擬デートをしたホテルだ。あの時はうまくエスコートしたつもりでいたが、あとでこっぴどくダメ出しをされてしまった。確か婚活偏差値は26だったか。

因果なもんだな、と私は口元を緩める。まさか一年後、こんな形でここを訪れるとは思いもしなかった。あれから見合いを何度も失敗した。少しは成長したつもりだが、今の私の婚活偏差値はいくつだろう。

さすがにSETAホールディングス次期社長の結婚式だけあって、盛大に催されるようだ。瀬田家・城戸家と書かれたウェルカムボードの横にひしめき合う招待客たちの列に並び、受付をして中に入った。

すでに決心はできていた。

いくら真実に向き合えと言っても、さすがにこの結婚式をぶち壊すことはできない。

——愛しています。

ただそう告げるだけだ。

この期に及んで……驚かせてしまうだろうが、彼女の心が揺らぐことはない。そう、それがわかっているから言えることでもあるのだ。

控え室にいる花嫁にそっと伝え、式が始まれば笑って二人を祝福すればいい。大丈夫だ。きっとできる。

私は廊下にいたスタッフを呼び止めた。

「新婦の控え室は？」

「ああ、そこを曲がったところですよ」

控室は扉が開いており、その前まできた時、歓声が上がった。もちろんそれは私が来たからではない。純白のウェディングドレスに身を包んだ、花嫁に対する称賛の声だ。

「すごく綺麗ね」

「瀬田さんも驚くわ」

テラスから陽の光が漏れていた。まぶしい。その光を浴びて、新婦のうしろ姿は神々しく輝いていた。

「まどかさん……」

花嫁が振り返った時、私は言葉を失った。彼女は瞬きして、私に語りかけて来た。

「来てくださってありがとうございます。黒崎さん」

私は口を半開きにしたまま、声が出てこなかった。そこにあったのは、確かに見覚えのある顔だった。だがまどかではない。名前も知らぬ五十歳前後の女性の顔だ。

彼女は私に近づくと、微笑んだ。

「まどかちゃんから聞いてます。何度かお会いしたけど、こうしてお話しするのは初めてですね」

「は、はあ……あ！」

ようやく記憶がその顔を捉《とら》えた。『縁 Enishi』のエレベーターでよく会う、髪をピンク色に染めた中年女性だ。

「瀬田さんのこと、ありがとう。おかげで迷いがなくなったわ」

キツネにつままれた思いでいると、お時間ですと声がかかった。

「ああ、もうすぐね。どきどきするわ」

控え室に花嫁を残し、関係者がぞろぞろと移動していく。

呆然と突っ立った私に、その時紺色のドレスを着た女性が近づいて来た。まどかだった。

「城戸さん」

「黒崎さん、今日は私の叔母のためにありがとうございます」

「お、おば？」

「私の父は婿養子だったから私も叔母も名字が城戸なんです。叔母には小さい頃からよく可愛がってもらってるんです。ずっと男性に縁がなくて結婚をあきらめていたんです。私の勧めで一年前から婚活を始めたのはいいんですが、五十前で婚活しているのが恥ずかしくて、いつも相談所には変装のつもりなのか、ピンクのウィッグをかぶってくるんですよ。しかも一度六階に上がってから、階段で降りてくる。人に見られると変なキャラを演じてしまうそうなんですけど、逆におかしいですよね。不器用なんだけど、そこがお茶目でかわいいんです。だからかな、年下の男性の方が合っていたんでしょうね。瀬田さんからプロポーズされた時は、一流企業の御曹司がこんなおばさんで本当にいいのかなって思ったんですって。でも黒崎さんのおかげで、瀬田さんの人となり、それと過去にあったことを知って、納得したようです」

私の口はまだ閉じていなかった。まどかはさらに続けた。

「ウィンドミルを訪ねた時、瀬田さんからプロポーズされたのが私だって勘違いしていましたよね？　あとから気づいて言おうと思ったんですけど、黒崎さん全然聞かずに帰っちゃうから。ただ招待状には名前がちゃんと書いてあるからわかるはずって思ったんですけど」

まどかは招待状を広げた。新郎・新婦の名前がちゃんと載っている。新郎は瀬田裕也、新婦は城戸まりかとなっていた。

「ひょっとして、プロポーズされたのが私だってずっと思ってました？」

私はまだ信じられない思いのまま、小刻みに何度もうなずいた。あんな言い方をされれば、まどかの結婚相手の調査だと思うに決まっている。

まどかは口元を緩めた。

「ごめんなさい。誤解させちゃったかもとわかっていて訂正しなかったのは、うれしかったからなんです。黒崎さんの気持ちが伝わって来たから」

「え……」

「黒崎さん、もしかして、控え室まで来たのは私の結婚を止めてくれようとしたんですか」

まどかのいたずらっぽい笑顔に、私は胸を疼《うず》かせた。

「私、アドバイザーなんてしているのに、自分自身の思いに気づかず、悩んでいたんです」

「悩んでいた？　城戸さんが」

「この一年、黒崎さんに接してきて、とてもいい方だと思っていました。失敗するたび、私も同じように悔しかったです。どうしてこんないい人が良縁に恵まれないのか、なんとかうまくいくようにサポートしてあげたいって。でもそれはアドバイザーとしての気持ちでした。その垣根を超えたのは、黒崎さんが殴られながら私を助けてくれた時でした」

私はどこか地に足がついていないような思いのまま、まどかの言葉を聞いていた。

「あの時、私は黒崎さんから言いようのない頼もしさを感じました。絶対的な信頼感というか、この人なら本気で一生、私を守ってくれるって……それからは、普通の会員さんとしては見られなくなっていたんです。でも逆に思いました。これではアドバイザー失格だなって」

私は目を開いた。アドバイザー失格……あれはそういう意味だったのか。

「この一ヶ月、アドバイザーじゃなく、ただの私になって自分の本当の気持ちとじっくり向き合ってみました。でも……」

まどかは床に視線を落とした。

それから沈黙が流れた。そうか、やはりダメか。だがなぜか清々しい気持ちがある……。

「まどかちゃん、早く」

声がかかった。式が始まる。目を見合わせると、私とまどかは慌てて式場に入った。

白亜の壁に囲まれた厳《おごそ》かな式場には、正面にキリスト像があった。その前に瀬田が一人、緊張した面持ちで立っている。

歓声が起こり、拍手と共に新婦が年老いた父親と入場してきた。バージンロードを歩き、花嫁は花婿のもとへと寄り添った。讃美歌が斉唱され、壇上の二人が愛の誓いを述べた。

式が終わり、参列者は外で待つ。新郎新婦が出てきたと同時に祝福の声と拍手が起こり、笑顔が溢れ続けた。その歓声に紛れるように、まどかは私に話しかけてきた。

「黒崎さん、さっきのお話の続きです。私はもう少し、アドバイザーを続けることに決めました。黒崎さんも辞めてしまわれたけど、また婚活、始めませんか」

「それは……」

今の思いのままなら、婚活を再開したところでこの一年と同じことになる……。苦笑いで応じるほかなかった。

「もう少し、時間をいただきたいんです」

「え?」

「今はまだ死んだあの人のことも忘れられないんです」

「まどか……さん」

「でもこの先、私の気持ちや黒崎さんの気持ちがどうなるかわからない。ただ待ってもらうだけじゃ黒崎さんを縛り付けてしまうことになる。だから黒崎さんも婚活を続けてください。私よりいい人が現れたら、私のことは忘れてもらって構いません。幸せってどこにあるのかわからないから……。今は私、思うんです。婚活をしている人はみんな、本当の幸せを求める探偵なんだって」

「誰もが探偵……ですか」

「ええ、婚活探偵」

拍手の中、新婦が後ろを向いた。恒例のブーケトスだ。私はまどかと顔を見合わすと、大きくうなずく。これからどうなるかはわからないが、二人で歩んでいけたら、そしていつか本当の幸せにたどり着けたら……。

——誰もが探偵、か。

探偵は常に真実を追い求めるものだ。真の幸せを求めるという意味では、確かに婚活もそうかもしれない。

やがてブーケがふわりと宙に舞う。歓声の中、独身女性たちは幸せを摑もうとブーケを求める。まどかも微笑みながら、誰にも負けないよう思いきり腕を伸ばした。

本作品は二〇一七年六月、小社より単行本刊行されました。
文庫化にあたり加筆・修正をしています。

双葉文庫

た-48-02

婚活探偵《こんかつたんてい》

2020年 5月17日 第1刷発行
2021年12月14日 第2刷発行

【著者】
大門剛明《だいもんたけあき》
©Takeaki Daimon 2020
【発行者】
箕浦克史
【発行所】
株式会社双葉社
〒162-8540 東京都新宿区東五軒町3番28号
[電話] 03-5261-4818(営業部) 03-5261-4831(編集部)
www.futabasha.co.jp (双葉社の書籍・コミックが買えます)
【印刷所】
大日本印刷株式会社
【製本所】
大日本印刷株式会社
【DTP】
株式会社ビーワークス

【フォーマット・デザイン】
日下潤一

ISBN978-4-575-52353-9 C0193
Printed in Japan

氷の秒針

大門剛明

凶悪殺人事件で遺されてしまった者たちの
生き様に迫る劇的ミステリー。

双葉文庫

それでも、
僕は前に進むことにした

こかじさら

突然難病だと診断された勘太郎。それでも
目標に向かい生きる姿を描く成長物語。

双葉文庫

この青い空で君をつつもう

瀬名秀明

四季の移ろいや高校生の瑞々しい姿を丁寧に描く、傑作青春ラブストーリー。

双葉文庫

忍者だけど、OLやってます

橘もも

忍者ＯＬが、会社乗っ取りの危機に忍術で
立ち向かう！　隠密お仕事小説。

双葉文庫

図書室のピーナッツ

竹内真

「なんちゃって司書」が生徒からの難問珍問に挑む人気シリーズ第二弾！

双葉文庫

背中、押してやろうか？

悠木シュン

連続する同級生の死は事故なのか自殺なのか？　新鋭女性作家の青春ミステリー。

双葉文庫